JN041222

転生もふもふ令嬢の
まったり
領地改革記
—クールなお義兄様とあまあま
スローライフを楽 でいます—
author
藍上イオタ
illustration
玖珂つかさ

「ルネ様は汚れておりません」
リアム・ルナール
辺境地を治めるルナール侯爵家の跡継ぎ。
表情が乏しく普段はわかりづらいが、
ルネのことを溺愛している。

ルネ
ルナール侯爵家に幼女として拾われた令嬢。
冤罪で斬首されるもキツネの大精霊によって
過去に戻ってやり直し中。

ライネケ
ルナール領を豊かな土地へと
導いた大精霊のキツネ様。

〈しかたがないな。よきにははからえ〉

《我が輩は、精霊ライネケ。
お前の養家である侯爵家をルナール領へ導いたキツネだ》
ライネケ
普段はキツネの姿だが、
本来は美青年の姿をしている。

「大人になってからでいいから、
体で払って！」
「大人になってから体で払う……？」
バルドル・クトニオス
ガーランド王家の婚外子として生まれた少年。
王妃殿下に狙われているところルネと出会う。
「ルネ、俺の物になれ」
ヘズル
ガーランド王家の王太子。
他者を顧みない性格で、ルネのこと気に入り
強引に自分のものにしようとしている。

「そう、ルネは特別だから。
だからルネも私の前ではありのままでいて」
「うん！」

「お義兄様、大好き！」

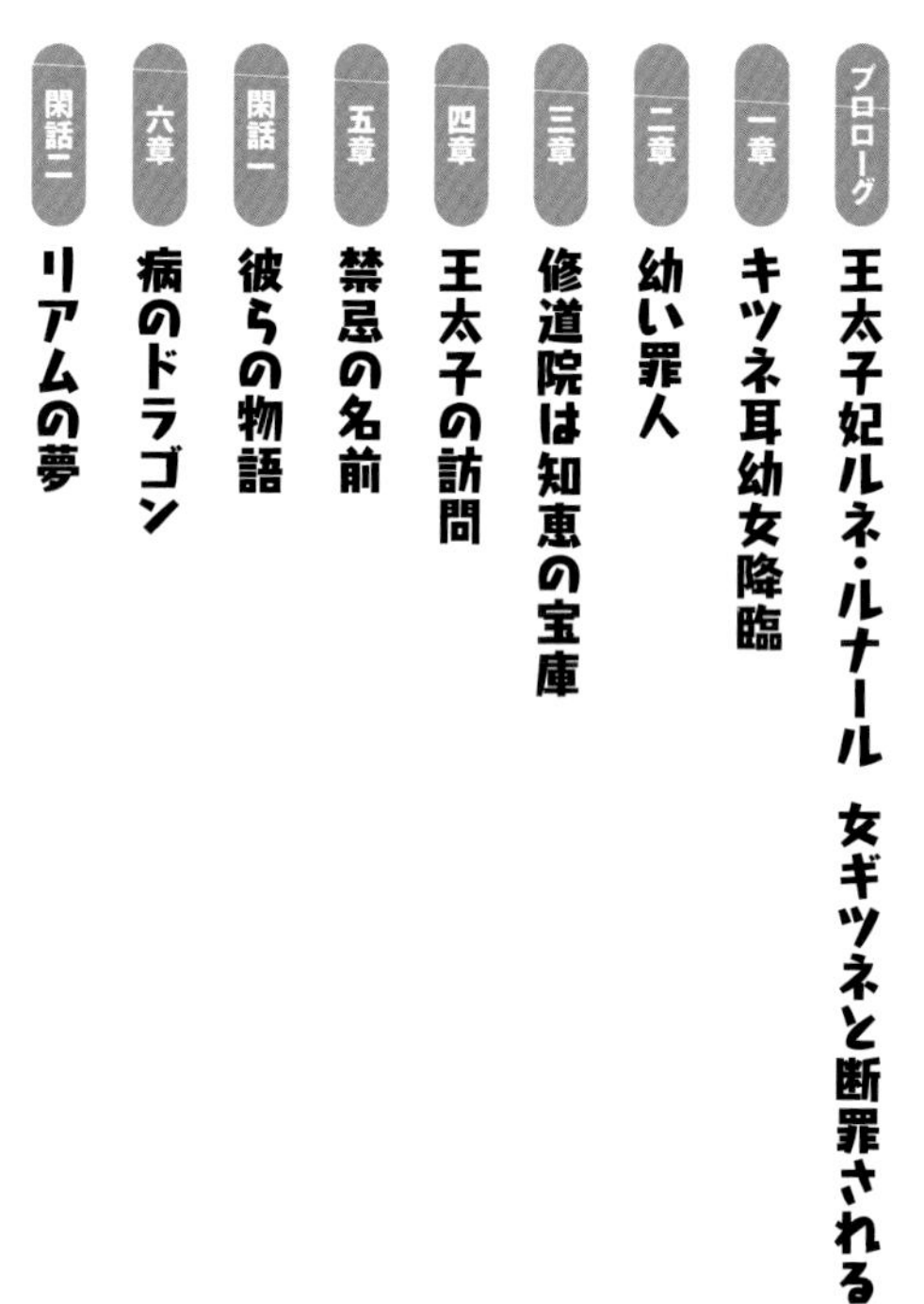

contents

プロローグ　王太子妃ルネ・ルナール　女ギツネと断罪される　P003
一章　キツネ耳幼女降臨　P015
二章　幼い罪人　P058
三章　修道院は知恵の宝庫　P091
四章　王太子の訪問　P126
五章　禁忌の名前　P191
閑話一　彼らの物語　P225
六章　病のドラゴン　P239
閑話二　リアムの夢　P258
エピローグ　ルネ・ルナール　幸せの予言を受ける　P270
番外編　ルネが可愛くて困る　P290

author 藍上イオタ　illustration 玖珂つかさ

プロローグ

王太子妃ルネ・ルナール　女ギツネと断罪される

「この女（め）ギツネめ!!」

「国民を虐（しいた）げた悪女！」

「罪人を殺せ！」

「殺せ!!」

　人々の罵り声が響く。

　ここは、ガーランド王国王都の中央広場だ。高揚とした空気は、まるで私たちルナール侯爵家の死を見世物として楽しんでいるかのようだ。

　私は罪人として、粗末な麻（あさ）の服に身を包んでいた。荒縄で腰を縛られ、引っ立てられている。逃走防止の魔法の手かせを嵌（は）められ、足には罪人の印である魔法の足輪をつけられている。

　月の光のようだと褒めそやされた白銀（はくぎん）の髪は無残に切られてしまった。恐ろしいほどに強い春の風が、私の髪をなぶる。アメジストと称えられた紫の瞳にホコリが入り、涙が滲（にじ）む。

　私は、ルネ・ルナール。ガーランド王家の王太子妃だ。

　しかし、国は革命によって倒され、私は国民を虐げた王家の一員として断首されるのだ。断頭台までの階段を、一段、また一段と素足で踏みしめる。

（たしかに私は王太子にねだって、ルナール侯爵家をもり立てようとした。でも、それが国民を苦しめることになるとは知らなかっただけなのに）

私は北部の辺境ルナール領で生まれた。孤児だった私は、ルナール侯爵家に拾われ養女となった。その後、王太子に強く求められ、借金のかた同然で王太子妃となった。

孤児で平民出身の私には、分不相応な身分だと感じていたが、これもルナール侯爵家に恩返しするチャンスだと思い、頑張ってきたのだ。

ルナール侯爵家は、ガーランド王家の創始時から、陰として仕えてきた忠臣だ。王国でもっとも由緒正しい侯爵家で、罪人の流刑先でもある辺境の地を守っていた。

私も断罪されることになり初めて知ったのだが、王の密命を受ける一族だったらしい。そのため、中央政界からは距離を置いていた。

忠臣という名誉はあったが、ルナール領は貧しかった。モンスターがはびこる険しい山を越えなければ、ルナール領へは入れない。しかも王都へつながる道はどれも細く、馬車が通れないほどだった。広い平地もなく、商業も発展していない。ルナール領が、陸の孤島と呼ばれるゆえんだ。

私が王太子にこびへつらったのは、そんな貧しい領地が潤うように、便宜を図ってもらうためだった。

私の結婚を機に、ルナール領への馬車道も敷かれた。聖なる山を切り開き道を作ったことにより魔鉱石（まこうせき）の鉱脈も見つかった。

やっと豊かになったルナール領。

しかし、時を同じくして、風向きが変ってしまった。王家の圧政に不満を持った国民たちが、革命を起こしたのだ。

その中心となったのが、『義足の王子』と呼ばれる男だった。国王の隠し子だった彼は、王妃の罠により死んだと思われていた。しかし、実際は生き延びて、革命軍を率いるリーダーとなっていたのだ。

彼は幼いころから、王妃の命を受けた暗殺者に狙われてきたらしい。そのため、人前に出るときは、いつも甲冑を身につけ、兜を被っている。私も顔は見たことがなかった。

王城を奪った革命軍は、王族を捕らえ、見せしめに断罪することにした。

王太子妃だった私はもちろん、養父のルナール侯爵も、義兄のリアムもそろって断頭台の前に立たされている。

(お義父様と、お義兄様はすごいわ。こんな状況でも表情を変えず堂々としているのね)

ルナール侯爵家の人々は感情を顔に出さない。そのため、私は彼らの本当の気持ちがわからなかった。ずっとふたりに嫌われているのだと思っていた。だからこそ、役に立って好かれたいと努力してきた。

養父のルナール侯爵は、私に関心がなかった。王太子との結婚を嫌がる私を無視し、まるで身売りのように王家に嫁がせた。

五歳年上の義兄リアムは、「お義兄様」と呼ぶだけで眉を顰めた。顔を合わせても話すことはない。無関心なのかと思いきや、私がやりたいと望んだことにはことごとく反対してきた。

そのため私は、アカデミーにも通えず、貴族の娘でありながら魔法を使えるようになれなかった。社交界に出ることも制限されていた私は、無知なまま王太子妃になってしまった。

こんな不遇な扱いを受けたのは、自分が元孤児で頭が悪くルナール侯爵家の恥だと思われていたからだと思い込んでいた。

それなのに意外にもお義兄様は、私を亡命させるため最後まで奔走してくれたのだ。

(血の繋がってもいない、魔法も使えず馬鹿な私なんか見捨てればよかったのに……)

私を助けようとしたせいでルナール侯爵家はお家断絶となり、その領地は革命軍の直轄領となってしまった。すでに、残酷な革命軍に制圧され、ルナール侯爵家の屋敷やルナール家ゆかりの神殿も打ち壊されたと聞いている。

「お前の罪を知るがいい」

私の横で、死刑執行人が下卑た笑いを浮かべ囁いた。

「やめて！　お養父様とお義兄様にはなんの罪もないわ!!　私が、私が悪いのよ!!」

一心不乱に叫んでも、民衆の歓声にかき消されていく。

「ルネ。お前もルナールなら気高くあれ」

こんなときでもお養父様は、私に厳しい。

「ルナール侯爵、並びにその息子は、平民の孤児を娘と偽り、王太子妃とした罪。また、その女を亡命させようとした罪にて斬首」

罪状が読み上げられると不気味な音とともに、養父と義兄の首が切られていく。

義足の王子と呼ばれる男は、身動きひとつしない。

ただ、バシネットから零れた黄金の髪が、風でなびくだけだ。

私は絶望した。

（ひどい……。ふたりはぜんぜん悪くないのに……。悪いのは私だけなのに）

悔しくて涙が零れる。恨みをこめた目で、集まってきた民衆たちを見回した。

するとその中に、涙を流す人々がいた。ルナール領出身の領民たちである。

今後、領主が罪人とされた領民たちは不遇な目に遭うだろう。

私は恨みよりも、罪悪感でいっぱいになった。

「ごめんなさい……」

私は彼らに謝る。チェリーの白い花びらが飛んできて、私の涙に張りついた。チェリーはルナール領を代表する花だ。

「いまさら泣いたって無駄だ。月夜の女神と讃えられたのも今は昔だな」

死刑執行人はあざ笑いつつ、私の髪を摑み、強引に断頭台の上にのせた。

魔法でもっと楽に殺せるはずなのに、野蛮な方法で見世物にするのだ。

広場の民衆たちは嬉しそうに歓声をあげる。無責任に『殺せ』と唱和する声。

「この女は平民でありながら、王太子を誑かし、王国を傾かせた罪で斬首」

罪状が読み上げられ、刃が落ちる。

風景がゴロリと転がって見えた。

（ごめんなさい。お養父様、お義兄様。ゆるして。ルナール領のみんな。みんなを豊かにしたかっただけだったの）

今際の際に思い出したのは、孤児だった私をルナール侯爵家に引き合わせてくれたキツネの大精霊ライネケ様の神殿だった。親に捨てられた私が、藁にもすがる思いで逃げ込んだ先。私を助けてくれた精霊にもう一度すがる。

（大精霊ライネケ様、お願いです。もし過去に戻れるのなら、やり直しをさせてください。私はどんなことでもしますから、みんなを助けてください！）

青すぎる空に舞い散る花びらを見上げながら、私は祈り、息絶えた。

◆　◆　◆　◆

《えー、それではルネ・ルナールの死に戻りを可決します》

不可解な言葉が聞こえ、私はパッチリと目を覚ました。

起き上がって周囲を見ると、キツネたちが私を取り囲んでいる。どうやらここは白い雲の上のようだ。

黒いキツネ、黄色いキツネ、赤いキツネと緑のキツネ。大小さまざま、尻尾がたくさん生えているキツネまでいる。

「？　なにごと？」

私は目を白黒とさせた。

《おや、起きたな。ルネ・ルナール》

白銀の巨大なキツネが私に話しかけた。体長は2m以上ありそうだ。瞳は、私と同じ紫に輝いている。不思議なことに額には、うっすらと黄金のブドウの紋章があった。しかし少し、元気がなさそうだ。

「……キツネが話してる……」

呆然とする私を見て、白銀のキツネは笑った。そして、ボフンと立派な尻尾を振ると、ポンと見た目が変わる。

そこには、ストレートの白銀髪に同じ色のキツネ耳が生えた美青年がいた。額には先ほどの巨大なキツネと同じ、ブドウの紋章がかすかに見える。しかし、衣服はボロボロで、やつれているようだった。

《我が輩は、大精霊ライネケ。お前の養家である侯爵家をルナール領へ導いたキツネだ》

「大精霊ライネケ様！」

私は驚き、居住まいを正した。

《お前は先ほど、断首され死んだ》

恐ろしい瞬間を思い出し、ゾッとする。思わず首筋を押さえた。

《しかし、あまりにも不遇な人生であった。よって、お前の『やり直したい』という望みを聞き、過去に戻りルナール領を助けることを認める。我ら【全世界伝説キツネ連合会】が、生き直すこと

を許す》
　ライネケ様はドヤ顔でふんぞり返る。
「全世界伝説キツネ連合会……？」
　初めて聞いた名称だ。
《世界各国、次元を超えたさまざまな場所に存在する伝説のキツネがあつまる連合会だ》
　説明されても意味がわからない。
「どういうことですか？」
　問いかける私に、ライネケ様は哀れみの目を向けた。
　ほかのキツネたちも、私を残念な子でも見るような目で見つめる。とても肩身が狭い。
《そんなことも知らないとは……実に人とは愚かなものだな……》
　そう肩をすくめてから、説明を始める。
《この世には、お前が住んでいた王国以外の世界がたくさん存在しているのだ。たとえば、お前の住んでいた国よりも遙か東の王国。もしくは、この大地から離れ、もっともっと遠くには、ずいぶんと技術が発達した世界などがある》
　私には想像がつかないが、ライネケ様は続ける。
《そして、我が輩たちキツネの精霊は、どの世界においても愚かな人間を知恵で導いてきた。なにしろキツネが、一番頭のよい生き物だからな。しかたあるまい》
　エッヘンと胸を反らすライネケ様を見ていると、ふと疑問が過る。

「なら、なぜ、ライネケ様が直接助けないのでしょうか？　私をやり直させる必要はないような気がします」
《やはり愚かだな。『導く』といっておろうが！　精霊は人の願いを叶えることはできるが、自分の欲望を満たすために直接人の世界を変えることはできないのだ》
「だから私の『やり直したい』という願いを叶える……」
《そうだ。ということで、お前を過去に戻すことにした》
「本当ですか⁉」
《本当だ。今度こそ我がルナール領をもり立てろ。クソ革命軍の直轄など気にいらんのだ！　あの無知なヤツら、遺物の価値もわからずに、我が輩の神殿をめちゃくちゃにしおって！》
ライネケ様は激昂し、吐き捨てる。
「私が……というより、そっちが本音じゃない？」
私がおもわず呟くと、ライネケ様はニヤリと笑った。
《お前、意外に聡いのだな？》
失礼な物言いに、私は唇をとがらせた。
ライネケ様は気まずそうにコホンと咳払いし、指をパチンと鳴らす。音とともに巻物が現れて、スルスルと広がった。中にはたくさんの人々の名前が書かれている。
《これは、ルナール領民の嘆願書だ。お前たち侯爵家の罪を減じてほしいと、訴えていたのだ。無論、焼き捨てられてしまったが》

「そんなことをしたら……なにをされるか……」

《そうだ、それでも、侯爵家を守ろうとしたのだ》

私は最期に見た涙を流す領民の姿を思い出した。ジーンと心が温まる。

すると、ライネケ様の足もとに、ポンと小さな野ブドウが現れた。野ブドウから黄金色の光が零れ、ライネケ様の額に吸い込まれていく。すると額の紋章が、少しだけ色濃くなった。

《そして、このように今でも、我が輩の神殿跡に侯爵家の復興を願う者がいる。昔に比べれば少ないが……》

ライネケ様はその野ブドウをパクリと食べた。

《うん、酸っぱいが助かった。一週間ぶりの食事だ。喉が潤う》

満足そうに味わう。

「一週間ぶりの食事？」

《ああ、知らないのか？　我々、精霊は人々の信仰心で生きているのだ。革命軍はルナール領の歴史や伝統を塗り替えようと、大いなる我が輩の美しい神殿とて無残に打ち壊しやがった。このままルナール領の領民が我が輩のことを忘れたら、我が輩は消滅する。それも時間の問題だろう》

私はライネケ様を見つめた。

ボロボロの服装も、やつれた体も、きっと現状のルナール領での信仰心が反映されているゆえだろう。

《お前だってやられっぱなしでは悔しいだろう？　我が輩と手を組んでやり返してやろうではない

か！》

ライネケ様の言葉に私は顔を上げた。

「私が望めば、やり直しができるのですか？」

《ああ、そうだ》

ライネケ様と周囲にいたキツネたちが、深く頷（うなず）いた。きっと周囲のキツネたちも、いろいろな世界の精霊なのだろう。

彼らの視線を受け、勇気が湧いてくる。

（ライネケ様が協力してくれるなら、なんとかなるかもしれない！）

「お願いします！　やり返すまではできないかもしれないけれど、領地が不幸にならないように頑張ります。だから、私に力をお貸しください」

私は膝をつき、両手を組んでライネケ様へ必死に祈った。

すると私から金色の光が零れ、ライネケ様の額に吸い込まれていく。黄金のブドウの紋章が色濃くなる。

《うむ。よい願いだ》

ライネケ様は満足げに微笑んだ。

《では、ルネよ。やり直しの人生では、我が輩たちの聖なる声が聞こえる耳をくれてやる》

ライネケ様はそう言うと、私の額に自分の額をつけた。

《これで契約完了だ》

白銀の光が私を包み込み、ホンワリと温かくなる。
同時にライネケ様は、白銀のキツネの姿に戻った。
《心配だからついていってやる。親ギツネは子ギツネと旅をするものだからな》
ライネケ様の高らかな鳴き声が、雲の上に「コーン」と響き渡った。
明るい未来を告げるような声に私は安心感で満たされる。
私の瞼(まぶた)は静かに下りていった。

一章 キツネ耳幼女降臨

目を覚ますと、キツネの大精霊ライネケ様の神殿に寝転んでいた。神殿は荒らされていない。ライネケ様の言葉のとおり、革命軍に荒らされる前に戻ってきたようだ。

粗末なスカートが目に入り、懐かしくなる。ルナール侯爵家に引き取られる直前らしい。小汚い町娘姿だ。

（ってことは、私は八歳ね。孤児になったころだわ）

ルナール領の北にそびえる聖なる山にはモンスターが住んでいて、ときおり彼らによる災害が起こる。今年の春先には、かつてないほどのモンスターが雪解け水とともに現れた。

私たち家族は、洪水が起こるなかモンスターに襲われた。両親は弟だけを連れ、私を捨てて逃げた。

しかし、私を捨てた家族は、逃げ切れずモンスターに殺されてしまった。

天涯孤独（てんがいこどく）となった私は、ライネケ様の神殿にこっそり忍び込んでは、お供え物を盗み食いしていた。

春先に孤児となってから、夏の終わりにルナール侯爵家で拾われるまで、私はライネケ様の神殿に隠れ住んでいたのだ。

懐かしく思い手を見てみる。小さな手だ。指先は、ブドウの皮で紫色に汚れている。慌てて手をスカートで拭こうとしたとき、見慣れないものに気がついた。

「し、し、尻尾が生えてるぅ？」

フンワリと大きな白銀の尻尾が、私のお尻から生えていた。まるで、キツネの尻尾のようだ。そのため、スカートがめくれ上がっている。

「ぎゃ！」

慌ててスカートを押さえ込む。

「……え、もしかして……」

私は恐る恐る頭を撫（な）でてみる。

「耳も、耳も生えてる〜!!　いや、精霊の声が聞こえる耳をくれるって、こういう意味？　え？　物理なの⁇　女ギツネって悪口が現実になっちゃった⁉」

この国では、精霊と契約して魔法を使う。だから、私は単純に魔法的なもので大精霊ライネケ様の声が聞こえるようになるのだと思っていた。

まさか、こんな姿になるとは思ってもみなかったのだ。半人半獣（はんじんはんじゅう）の存在は、精霊の化身として物語の中に登場はしても、現実には存在しない。

ちなみに、精霊と契約することは難しい。魔法アカデミーに通った者だけが、精霊と契約する方法を学ぶことができる。

それでも、固有名のない精霊と契約するのがやっとだ。名のある精霊と契約できるのは、聖女や大魔法使いくらいのものなのだ。

「しかも、大精霊ライネケ様と契約だなんて、聞いたことがないわ！　動物の精霊の魔法っていったいなんなの？」

一般的な精霊は、『地』『水』『火』『風』の四種類だ。伝説上の存在として、『光』と『闇』の精霊がいる。

光の精霊王は、王家の始祖と契約したという伝説が残っているが、闇の精霊王については『言葉にしてはいけない』禁忌となっているのだ。

ちなみに、前世のルナール侯爵と義兄リアムは、風の精霊と契約していた。

〈大きな声でわめくな、ルネよ〉

神殿のキツネの像から、ライネケ様の声が響いた。そちらを見ると、キツネ型のライネケ様がスルリと現れ、立っている私の前にやってきてチョコンとお座りをした。私の胸の高さと、ライネケ様の頭の位置が同じくらいだ、普通のキツネより少し大きい。

額には黄金のブドウの紋章があり、瞳は私と同じ紫色である。一見して普通のキツネではないことがわかる。

「ライネケ様！」

〈約束どおりついてきてやった〉

ライネケ様は得意げな顔をしているが、とっても可愛らしい。こんなに可愛らしい姿では、ムクムクと欲望がわき上がる。

私は我慢しきれずに、尋ねた。

「モフモフさせていただけませんか？」

私の無礼なお願いに、ライネケ様は顔をしかめつつゴロンと横になった。

〈しかたがないな。よきにはからえ〉

私はワシャワシャと撫でまわす。背中の毛をすくように撫で下ろし、頭をヨシヨシする。顎下を擦（こす）り、おなかをモシャモシャと混ぜ返した。

〈うむ。よいな。そこだ。そこを、もっと〉

ライネケ様は心地よさそうにクーンと鳴き、おなかを見せた。

ライネケ様は私の手技を堪能している。ゴロンとへそ天になった姿からは、崇高（すうこう）さなど微塵（みじん）も感じられない。

（まるで、犬みたいね？）

私は思いつつ、モフモフを楽しんだ。

〈……さて、そろそろルナール侯爵子息が現れるぞ。気を引き締めろ〉

ライネケ様に言われ、ハッとする。

「そうだ！　ここでお義兄様が私を見つけてくれたんだった」

前世で、私を侯爵家に連れていってくれたのは、ルナール侯爵家のひとり息子リアムである。

十三歳だったお義兄様は、病弱な侯爵夫人の代わりに、ライネケ様の神殿に供物（くもつ）を捧（ささ）げに来ていた。侯爵夫人は三年前に娘を失い、心身ともに不調をきたし、今でも娘が戻ってくることを祈り続けていたのだ。

その日の私は、いつものように、こっそりとお供えをちょうだいしていた。満腹となり、うっかり神殿の片隅で眠りこけていたのを、お義兄様が見つけたのだ。

私は、亡くなった娘と目と髪の色が同じで、よく似ていたらしい。侯爵夫人を慰めるにはちょうどよいということで、侯爵家の養女として引き取られることになったのだ。

「で、でも！　また侯爵家の養女になったら、ルナール領は不幸になるわ！　だったら、出会わないほうがいい！」

〈ええい！　たわけが!!　侯爵家の養女にでもならなければ、いくら精霊と契約しようとも、神殿が守れるものか！　侯爵家の養女となったとて、あのクソ王太子と結婚しなければ問題ない！〉

逃げ出そうとする私を、ライネケ様が一喝する。

すると私の体は金縛り(かなしば)りとなり、宙に浮かんだ。不思議な力に両手を支えられ、足もピンと伸ばされる。まるで、十字のような格好である。

（えっ？　ちょっと！）

不満を言いたくても声が出ない。

そのとき神殿の扉が開いた。

従者を連れた紫の髪の少年が、目を見開き呟(つぶや)いた。

「妹と同じ、白銀の髪に紫の瞳……。それに伝説の半人半獣……」

（リアムお義兄様！）

つい先ほど、自分のせいで殺されてしまったお義兄様が幼いころの姿で目の前に立っている。

ギクシャクとした関係ではあったが、最後に私を助けようとしてくれていたお義兄様だった。

感謝と、懐かしさ、そして申し訳なさがない交ぜになって胸が震える。

（もう二度と処刑される目にあわせたりしない！）

潤む瞳で決意する。すると、後光まで差しはじめた。

（ちょっと！　ライネケ様なにやってるの⁉）

〈神聖さの演出をしてやる。人間どもに声を届けるには、多くの信仰心が必要なのだが、仕方があるまい。今ありったけ使ってやる。当分は使えないから覚悟せよ〉

ライネケ様が答え、シリアスな気持ちが吹っ飛んだ。

相変わらず私の声は出ない。表情も固まっている。

後ろに控える従者も驚き、持ってきたカゴを落とす。供物の果物を入れてきたカゴだ。

それはそうだろう。みすぼらしい服装のキツネ耳幼女が、宙に浮いている。そして、その足もとには明らかにただものではないキツネが鎮座しているのだ。

《ルナール侯爵家嫡子リアム・ルナールだな。少年よ、聞け。我が輩は大精霊ライネケなり》

ライネケ様の声が神殿の中に響いた。

お義兄様はハッとし機敏な動きで、キツネ姿のライネケ様の前に膝をついた。お義兄様はまだ十三歳にもかかわらず、大人びていて落ち着いている。慌てふためく様子はない。

従者は、「ははー」と大袈裟に平伏した。

《この娘は、ルネという。我が輩の契約者である。白銀のキツネ耳は、我が耳。精霊の声を聞く力を持つ。白銀の尻尾は、我が尻尾。行く先を示すものなり。ルナール領を守るため、侯爵家へ使わす。

娘として手厚く育てよ》

（なんてこと言ってるの⁉　やめて！　お願い‼）

心の中でどれだけ叫んでも、ライネケ様は私の言葉を無視する。

お義兄様は無言でさらに深く頭を下げる。

《証しとして、ここに聖布（せいふ）を授ける》

ライネケ様の足もとに、私のポケットからハンカチがスルリと落ちた。ライネケ様は開くと、グイと前足で踏みつける。すると布の中に、金色の足跡がついた。

ライネケ様は聖布をくわえ、お義兄様に差し出した。

お義兄様は両手を掲げ、その聖布を受け取った。

そして聖布に押されたキツネの足跡を、マジマジと眺め、頭の上に掲げた。この状況でもお義兄様の表情筋はあまり動かない。

「これは、ライネケ様の肉球印（にくきゅういん）……。ありがたく受け取ります」

恭しく受け取ると、お義兄様と従者から黄金の光が零れ、ライネケ様の額へ吸い込まれていく。

どうやら、この光は私にしか見えないらしい。

ライネケ様の額の紋章が、少し色を増した。

〈……はぁ、疲れた……。悲しいが、今はこれが精一杯だ〉

ライネケ様がぼやき、私は床へおろされた。金縛りが解け、気がつけば後光も消えている。

（……とんでもないことになった……。やり直したいとは思っていたけれど、ライネケ様の契約者として養女になるのは、さすがに荷が重すぎる！）

サーッと血の気が引いた。あたりを見回し、逃げようかと考える。しかし、神殿の入り口はひとつだけだ。

（窓から逃げる？）

考えて、立ち上がろうとしたところ、足に力が入らずガクッとよろけた。金縛りで宙づりになっていたせいで、足が痺れてしまっているのだ。

「ルネ様!!」

お義兄様が駆け寄ってきて、私を抱き留めた。

「！　お、おにい……」

いつもの癖でお義兄様と呼びそうになり、慌てて言い換える。

「小公子様、汚れます!!」

私がお義兄様の胸を押して逃れようとすると、お義兄様は柔らかく私を抱きしめた。

「ルネ様は汚れておりません」

落ち着いた声でそう答え、私の頭に生えたキツネ耳のあいだにそっと顔を埋めた。前世ではありえない行為だ。

（無表情のくせに、さりげなく、私の匂いを嗅いでいるわね？　……そうだ、そういえばルナール侯爵家の人々はモフモフ好きだった……。お義兄様もそうだったのね）

私は遠い目になって、前世を思い出す。無表情がデフォルトの侯爵家の人々も、馬や犬を見ると頬をわずかに緩めていた。

「匂い、嗅がないでください……」

小さな声で抵抗する。羞恥で耳まで真っ赤になる。

「これは申し訳ございません。ルネ様」

お義兄様は私から手を離した。なぜかお義兄様の顔もほんのりと赤い。

(あれ？　お義兄様ってこんな顔をするのね？)

いつも無表情だったお義兄様が、微妙ではあるが表情を変えたことに驚きつつ、支えを失った私はグズグズとそこへ座り込んだ。

「ルネ様？」

お義兄様は私の顔を覗(のぞ)き込んだ。

「あ、足が……痺れて、立てないんです……」

「では、私が抱いて家までお連れいたします。ルネ様」

お義兄様の即決に恐縮する。

「い、いえ、大丈夫です。放っておいてくれれば自分で歩いていきます。私、重たいですから」

(だから、さっさと神殿から出ていって～!!　そのすきに逃げるんだから！)

私は願う。

「そんなわけにはまいりません。気になるようなら従者に運ばせます」

お義兄様が答えると、後ろに控えていた従者がニッコリと微笑んで、私を抱き上げた。

〈……捕まった……〉

私は虚無顔になる。ライネケ様は、自分の思惑通りに進んでいることに満足げだ。

〈しゃっきりしろ、ルネ。もう、我が輩は当分ほかの人間に言葉を伝えられない。信仰心が集まるまでは、お前が我が輩の声となるのだ〉

私は、恨みがましい目でライネケ様を睨む。

お義兄様は落としてしまった供物のカゴを拾い上げると、神殿の祭壇に供えた。そして、ライネケ様に感謝を述べる。

「ありがとうございます。大精霊ライネケ様。おふたりとも我が侯爵家で大事にお迎えしたいと思います」

私たちに振り向いたお義兄様はうっすらと笑っていた。

従者も私も、そのレアな笑顔に驚きギョッとする。

すると、お義兄様は笑顔をサッと引っ込めた。

「では、侯爵家へ帰りましょう」

お義兄様の何気ない言葉に、私はジーンとなる。王太子妃になってから、ずっと帰りたかったルナール侯爵家の屋敷へ帰れるのだ。

なりたくてなったわけではない王太子妃。魑魅魍魎の住まう王宮は安らぎとはほど遠く、ルナールでの日々がいつも恋しかった。

それに、領地のためだと思ってしてきたことが、かえって領地を苦しめた。だから今度は、間違えない。

(今度は絶対、王太子妃になんかにならない!!　今度こそ、みんなで幸せになるんだ!)

決意を新たにした私をライネケ様は見上げた。紫の瞳と目が合い、私は微笑む。

〈さあ、行こう。ともに新しい未来へ〉

ライネケ様は私にだけに聞こえる声で言うと、すました顔で「コーン」と鳴いた。


ほどなくして、ルナール侯爵家に到着した。

大精霊ライネケ様の遣わした娘として、賓客としての扱いだ。

温かい風呂に入り、貴族の令嬢が着るようなロングドレスを着せられて、孤児だった私は美しく生まれ変わった。

ルナール侯爵家のメイドの手によって、白銀のボブの髪はツヤツヤと輝き、天使の輪が光っている。

ここは、ルナール侯爵家の客間である。

侯爵様と侯爵夫人を待っているのだ。ライネケ様はふかふかのクッションをもらって、そこでご機嫌に寛(くつろ)いでいる。

私は窓ガラスに映った自分を見て、キツネの耳をピクピクと動かしてみた。

(……これは、かわいい)

自分のことであるが、とても可愛い。

そう思うと、感情とリンクするように耳がピンと張り、尻尾もピンと立った。

試しに尻尾も動かしてみる。ドレスの中でクルリと曲がる尻尾は、キツネや犬よりずっと、自由自在に動くようだ。どうやら精霊仕様らしい。

クルリと回ってお尻を見た。

長いドレスのお尻の部分が不自然に盛り上がっている。フワフワの尻尾が隠れているためだ。

(これじゃ魅力が半減ね。それに動きにくいし……)

不満に思うと尻尾がシュンと垂れる。感情豊かで、面白い。新しい自分の体を観察していると、お義兄様が客間にやってきた。

「不自由はありませんか?」

そう言ってチラリと私のお尻を見る。不自然に膨らんだドレスが気になったのだろう。

(恥ずかしい!)

私は思わずお尻を押さえた。

「すみません」

お義兄様は無表情ではあるが、ぎこちなく目を逸らした。

「いえ、スカートがふくらんでいておかしいですよね」

「そのドレスでは不便ですか?」

私がアワアワすると、お義兄様が尋ねる。

「……はい……。尻尾が窮屈なんです……」

オズオズと答える。

「では、尻尾が出るようなスカートを作らせましょう」

お義兄様の思わぬ提案が嬉(うれ)しくて、顔を上げた。

「ほかに気になる点はありませんか?」

お義兄様に聞かれ、私は戸惑った。

(正直にお願いしたら図々しいかな……)

言いよどむ私を見て、お義兄様はもう一度尋ねた。

「正直にお話ください。慣れない場所でお困りでしょう」

真剣な口ぶりに、私は正直にお願いすることにした。

「あの、豪華な丈の長いドレスになれていないので、町の子供が着るような短めな丈のスカートにしていただけませんか?」

「そんなことですか。簡単ですよ。あとで、仕立屋を呼びましょう」

お義兄様はなんでもないことのように快諾すると、椅子に座り、トントンと自分の太ももを叩(たた)いた。

「ルネ様。ここへどうぞ」

「?　ここって……?」

私は意味がわからず小首をかしげる。

すると、控えていたメイドが私を抱き上げ、お義兄様の膝に乗せた。

「ふぁ⁉」

驚く私を見て、メイドたちはニヨニヨと笑った。

「あの⁉　小公子様？」

「なんでしょう？」

「なんで、ここに？」

「ルネ様はお小さいから、テーブルに手が届かないでしょう？」

さも当然のような顔をして、お義兄様は言うが、とても甘やかされている気がする。

「たしかに、そうですけど……」

私は前世とのあまりの違いに動揺を隠せない。

前世では無口で無表情だったお義兄様に壁を感じ、私は嫌われていると思っていた。しかし、今世のお義兄様はキツネ耳姿の私にとても優しい。今もふわふわの耳をさりげなく撫でている。

（お義兄様は、ムッツリもふ好きなのね）

そう思いつつ、撫でられるのは心地よい。

目の前に用意されたお菓子に、グゥとお腹が鳴る。ルナール侯爵家に来る前は、いつもお腹を空かせていたのだ。

私は恥ずかしくなって俯（うつむ）いた。耳まで真っ赤である。

「ルネ様、どうぞお食べください」

「いえ……侯爵様もまだですし……」

お腹が空いてしかたがないが、お菓子から目を逸らし頑張ってこらえる。はじめから無礼だと思われたくない。そう考えて思い出す。

前世では与えられた食べ物をガツガツと食べたのに、それについて咎(とが)められたことはなかった。

当時は気がつかなかったが、侯爵家の人々は、寛大だったのだ。

あのときはわからなかったけれど、お妃(きさき)教育を受けた今では、どんなにありがたいことかよくわかる。

お菓子から目を逸らし、こらえている私を見てお義兄様は小さく笑った。

そのレアな微笑みに、私はキュンとなる。

お義兄様はクッキーのひとつを手に取り、私の口元へ持ってきた。

「では、ルネ様。失礼します。アーン」

優しい声、甘い香りに誘われて、一瞬唇が開きそうになる。

しかし、私はフルフルと首を振った。

「ルネ様がお食べにならないと、私も食べられません」

お義兄様が困ったように眉を下げ、クッキーを私の唇に押し当てた。

（いくらなんでも甘やかしすぎじゃない⁉）

そう思いつつ、引く気のないお義兄様に私は観念して唇を開く。

懐かしいクッキーの味が口の中に広がった。

「美味(おい)しいっ‼」

王宮では卑しいと笑われたドングリの粉が入った田舎風の固いクッキー。でも、それが今はとてもなく美味しい。

ルナール領は王都に比べて貧しいのだ。砂糖もバターも贅沢品だ。だから、侯爵家といえどもそうたくさんは使えなかった。

懐かしさと嬉しさで、涙が零れる。

お義兄様は少し驚いたように瞬きし、私の涙を指で掬った。

「そんなに美味しかったのですか？　いっぱい食べてください」

コクコクと頷くとお義兄様はメイドに命じる。

「クッキーの皿をここへ。また、ライネケ様にも差し上げるように」

メイドはクッキーの皿を持ってきて、私の膝の上に置いた。

ライネケ様の前にもクッキーの皿が置かれる。クッキーから黄金の光が零れ、ライネケ様に吸い込まれていく。

「一緒に食べましょう」

お義兄様は静かにそう誘い、私の膝の上に置いた皿から、自分もクッキーを一枚食べた。

「美味しいですね」

「はい！　美味しいです！」

一度食べてしまうともう止まらない。

私は、ポロポロと泣きながらパクパクとクッキーを口に運んだ。今までの空腹もあって、あっという間にクッキーを平らげてしまった。

お義兄様はそんな私の頭をナデナデした。

その撫でかたが絶妙で、うっとりとする。お腹がいっぱいで、お義兄様の膝の上は温かく、眠たくなってくる。

（ああ、寝ちゃダメ……。ダメなのに……）

ウトウト、ユラユラしていたところ、一組の夫婦がやってきた。

お義兄様と同じ、紫の髪に紫の瞳をした精悍な男性はルナール侯爵。

そして、その後ろで控えめに佇んでいる銀髪の女性は、ルナール侯爵夫人だ。優しげな水色の瞳を持つ、か細く、小さな女性だ。今にも消えてしまいそうなほど儚げに見えるのは、長らく病を患っているからだろう。

慌ててクッキーの皿をテーブルに置き、お義兄様の膝から飛び下りた。そして、カーテシーをする。

ルナール侯爵夫妻そして義兄様、メイドたちも、平民の孤児でありながらきちんとお辞儀をする私に目を見張った。

「ふむ」

ルナール侯爵は、マジマジと私を見た。しかし、表情は硬い。前世でもそうだったが、侯爵は私をよく思っていないようだ。

だからこそ、前世で頑張って好かれようとした。

（でも、私が養女になれた理由は――――）

そう思った瞬間、侯爵夫人が我を失ったように走り寄り、私を抱きしめた。

私は、グエと息を漏らす。

「ルル！　帰ってきたのね！　ルル！」

ルルとは侯爵夫人の亡くなった娘の名前である。

私は切なくなった。

前世でもそうだった。侯爵夫人は、私に亡き娘の面影を重ね、『ルル』と呼んだ。病的なほど、私に執着する侯爵夫人のため、侯爵はしぶしぶ私を養女に受け入れたのだ。

もう捨てられたくなかった私は、ルル様のおさがりを着て必死に娘のふりをした。しかし、そうして得た愛情は自分へのものとは感じられず、ルル様への愛情を盗んでいる気がした。

侯爵家の役に立てば、いつかは私自身を愛してくれるかもしれないと思ったのだが、その行動が裏目に出てかえって侯爵家を不幸にした。

「母上、ルルではありません。ルネ様はキツネの耳と尻尾をお持ちです」

お義兄様が無表情で答える。

侯爵夫人は、抱きしめる腕を弱めマジマジと私を見た。

（ルル様と違うとわかったらガッカリされてしまうかも……）

私はビクビクとして、ヘニャリと垂れてた耳を両手で押さえた。

侯爵夫人は私を見て、しみじみと涙を流す。亡くした娘を思い出しているのだ。

「本当ね。ルルではないのね……。やっぱり、あの子は……、そうよ……あの子は死んでしまったの……。認めなきゃいけないのに……」

侯爵夫人は私を見て嗚咽（おえつ）した。

侯爵はそんな夫人の肩を抱く。こんなときも侯爵は無表情だ。

「話は息子から聞きました。大精霊ライネケ様の契約者だと。我が侯爵家の娘として育てるようにとの思し召しだとか」

侯爵が丁寧な言葉を使うのは、私が精霊の契約者だからだろう。精霊と契約しなければ魔法を使えないこの国では、精霊の契約者は敬意を示される。しかも、精霊がアカデミーにも通っていない幼児が精霊と契約するなどまずない。そのことだけをとっても、私に魔法の才能があると思ったに違いない。そのうえ、私が契約しているのは名のない精霊ではない。ルナール侯爵家を導いた、大精霊ライネケ様だ。

しかし、侯爵の表情は冷たく、義務的だった。

侯爵の言葉に夫人はハッとしたように顔を上げた。

「そうなのですね！　きっと、ライネケ様は帰らない娘のために、この子を遣わしてくださったのだわ！　だから、髪の色も瞳の色もルルと同じなのね！」

私はブンブンと頭を振った。

「私はただの孤児です！　そんな、侯爵家の娘だなんてっ！　下働きの下女としておいていただけるだけでかまいません」

（また娘として育てられたら、侯爵家を不幸にしちゃう！）

私は、断固拒否の姿勢を示す。

「ただの孤児には、精霊の耳や尻尾は生えていません。それに、ライネケ様のお言葉を無視することはできません」

侯爵に断言され、言葉を失う。

たしかにそうだ。私が抵抗したところで、ライネケ様の手のひらの上である。キツネの耳がペションと倒れる。尻尾はクルンと足のあいだに挟まった。

内ももに感じるモフモフとした感触に、ハッとする。

「でも！　だから！　耳も尻尾もあるので、侯爵家の娘って言っても誰も信じないと思います！」

私はいいことを思いついたと、フンスと鼻息荒く主張してみる。

「たしかに」

フム、と侯爵は顎に手を添えて考えた。

「我が侯爵家の始祖を導きし大精霊ライネケ様の契約者を、たかだか侯爵家の養女にしようなどとは烏滸（おこ）がましいことを申しました。お許しください。どうぞ、私どもをしもべとしてお使いください」

侯爵が頭を垂れた。

私は慌てて両手を振った。

精霊のように祭り上げられてはかなわない。侯爵家をしもべとして扱うなんて無理だ。だったら娘になったほうがまだましだ。

「やめてください！　侯爵様！　私自身が精霊なわけじゃないんですからっ！　私はただの孤児です。侯爵様をしもべだなんて!!」

「ルネ様、侯爵家のなにがご不満なのでしょう？　すべてルネ様の思うままにいたします。ですから、なにとぞ……」

侯爵夫人が瞳を潤ませて私を見る。すがるような目だ。

「……っぅ。不満では……」

「では、どうして、拒まれるのですか？」

夫人に問われ、私はこれ以上無下にすることはできなかった。前世では本当の娘のように慈しんでくれた人だ。しかも、病弱で早くに亡くなってしまう人の希望を踏みにじることもできない。

ライネケ様を見ると、ルナール公爵家の信仰心が黄金の光となり、どんどんライネケ様に集まっている。

ライネケ様は、面白そうにこちらを見てニヤニヤと笑っている。抵抗しても無駄だと言わんばかりだ。

「ううう……。」

私は観念した。

「しもべなんてぜったい無理で……だったら、娘にしてください……」

モジモジと俯く。

「では、ゆっくり家族になっていきましょうね」

夫人に言われ、私は引きつり笑いを返す。

しかし、精霊と祭り上げられるより家族のほうがましだ。

（それに、ライネケ様も言っていたもの。娘になっても王太子妃にならなければいいんだわ！　今度は、精霊の知恵を借りて、領地を豊かにすれば、借金のかたに王太子妃にされたりしないはず。それに、キツネの耳がついてるんだもの、間違っても人間と結婚なんてできっこないわ！）

私はそう思い直した。

「では、侯爵様。あの、家族なら『様』はやめてください。あと敬語も緊張してしまいます」

「いえ、ルネ様はライネケ様の契約者です。ルネ様こそ私を侯爵様などとお呼びになるのをおやめください」

侯爵は真顔で答えた。

しかし、ここで引くわけにはいかない。

「……お養父様と呼んではいけませんか？」

小首をかしげて、尋ねてみる。

すると、侯爵様は眉間の皺を深くした。

前世でもそうだった。侯爵様は、夫人のために私を養女にしただけだった。本当は、平民の孤児を養女にするのは不満なのだ。侯爵夫人が亡くなったあとは、私への当たりが厳しかった。

しかし、今回はライネケ様のお告げの手前、断ることはできないのだろう。

（今度はできるだけ侯爵様にも好かれるように努力して、間違っても身売りされないようにしなくちゃ！）

私は、王太子妃時代に身につけたおねだり笑顔で微笑んでみる。

すると、侯爵様はしぶしぶ頷いた。

「わかった」

隣にいた侯爵夫人は涙を湛えながら、私に尋ねる。

「私のことは、お養母様と呼んでくれるのですか？」

私はコクと頷いた。

「お養母様」

私が呼びかけると、侯爵夫人は涙を零し私に抱きついてきた。

「ルル……いえ、ルネと呼んでいいのね？」

「はい、お養母様」

答えると、さらにギュッと強く抱きしめられる。

久々のお養母様の温かさに、懐かしさで胸がいっぱいになりオズオズと背中に手を回した。

お義兄様がそんな私の頭を撫でる。

私はお養母様に抱きしめられたまま、お義兄様へと顔を向けた。

「お義兄様」

呼びかけてみる。お義兄様は無表情のまま頷いた。

（やっぱり、孤児だった私が義妹になるのは恥ずかしいのかな？）

私はションボリとして、耳を倒した。

「ルネ。よろしくね」

お義兄様は大事そうにゆっくりと私の名を呼んだ。表情こそ変らないが、愛情たっぷりの声に聞こえた。

（嫌われてないみたい！）

「はい！」

名前を呼ばれたのが嬉しくて、私の尻尾がスカートの中で喜び揺れた。


こうやって、私はルナール侯爵家の養女となった。そして、お養母様とリアムお義兄様にベッタベタに甘やかされている。

私を甘やかしすぎのお義兄様は、特注のワンピースを注文してくれた。尻尾が生えていてもめくれ上がらない特製のスカートである。

特に私が『貴族風のドレスが苦手』と言ったため、町娘風の短いスカートのワンピースだ。

しかし、デザインは豪華でとても可愛らしい。

お養父様は、そんな私たちを冷ややかな目で眺めている。これは前世と変わりない。

（いつかは、お養父様とも仲良くなれたら嬉しいな）

私は小さな野望を抱いた。

そんな幸せな日々を過ごしつつ、私はやり直しができるなら、最優先でしたいことがあった。

それは、お養母様の病気を治すことである。

お養母様は、三年前に娘を亡くしたことをきっかけに心身の不調を抱えていた。

そして、私が養女になってから二年後には、拘回虫症（こうかいちゅうしょう）という不治の病で亡くなってしまうのだ。

今でこそ不治の病だが、お養母様が亡くなって八年後に、治療薬が発明された。

（それまでは、なんとか生きのびてほしい！）

私はそう思い、悪化させないために尽力することに決めた。

拘回虫症は拘回虫という寄生モンスターが、心の弱った人に宿（やど）ることで発症する。拘回虫は、夜活動し、心を弱らせる悪夢を見せて不眠にするのだ。

寝不足から、昼間の活動ができなくなり、さらに夜型の生活になっていくという悪循環を生む。日に当たらず運動も不足することで、気力と体力、食欲が減退し最終的には衰弱死してしまうのだ。

お養母様の最後は、悲しいものだった。最後の一年は部屋から出ることもなく、実の娘と私の区別もつかなくなった。

そんな哀れなお養母様の姿に、お養父様もお義兄様もいたたまれなくなったのだろう。お養母様の介護を私に任せ、部屋を訪れる回数が減っていった。

そして、お養母様は私をルルと呼びながら死んでいったのだ。

そのときの様子を思い出し、私は落ち込む。しかし、暗くなってばかりではいられない。ブンブンと頭を振って気持ちを切り替える。

（ようするに、むりやり日中に運動させて、夜グッスリ眠れるようにすればいいのよ。治すことは無理でも、病気の進行を遅らせることはできるはず。十年後には薬ができるんだもの！　それまでなんとか頑張ろう！）

私はそう思い、夜はお養母様と一緒に眠り、昼は外へと連れ出して、体力作りに励んでいるのだ。

（本当は、自分で薬が作れればいいんだけど、薬を作るには、水の魔力と高度な技術、専門知識が必要なのよね。私が薬を作ることはまだ無理ね）

もちろん、ライネケ様に薬の作り方は聞いた。しかし、あまりに難しく自分では作れそうにない。

（一般的に、ひとり、ひと精霊としか契約できないって聞いてるし。ライネケ様と契約している私は、水の精霊とは契約できないから、今後も水魔法は使えないってことよね）

命に関わることなので、水魔法が使える製薬の専門家を探そうと考えているところだ。

（ライネケ様が、センチメンの花から薬が作られたって教えてくれたから、せめて、お花だけでも近くに置いてみよう。同じ効果が出るとは思わないけど、少しでも効果があったらいいな）

センチメンの花は、ルナール領にしか咲かない地味な花だ。今はまだ雑草だと思われている。

しかし、その蕾（つぼみ）から取り出された成分が拘回虫症の薬になったのだ。それを教えてもらった私は、お養母様の枕元に毎日センチメンの蕾を届けるようにした。センチメンの花の咲く場所へは、ライネケ様が連れていってくれた。

今日は、お養母様とお義兄様と一緒に、屋敷の庭でピクニックをしている。敷布の上では、ライネケ様がうたた寝をしていた。

お養母様は体力がなく、あまり遠くまで行けないのだ。

「母上は最近、よく眠れるのだとか」

お義兄様が尋ねる。

お養母様は、柔らかく微笑んだ。

「ええ、ルネが大きなベッドでは淋しいというから、私と一緒に寝ているのよ。ルネが同じベッドにいてくれると、安心して眠れるの」

そう微笑み、お養母様は私の頭を優しく撫でた。

たぶん、センチメンの効果が出ているのだ。

「悲しい夢から目が覚めても、ルネの温かい尻尾が私のお腹に乗っていていているとね、ホッとするわ。今まではつらくて苦しいだけだった夢が、ルルとの大切な思い出だって気がついたの」

私はその言葉を聞いて、少し安心した。

悪夢で目覚めても、その後眠れるなら、前世ほど体力を消耗しないだろう。

「私、ずっとひとりで寝てたから、お養母様と一緒が嬉しい！」

本心からそう言うと、お養母様は私のキツネ耳を愛おしそうに撫でた。

お義兄様は無言でその様子を眺めている。

お養母様は、それに気がつくとニッコリと微笑んだ。

「リアムもたまには一緒に寝ましょうか？」

「母上！　私をいくつだと思っているんです？　もう十三歳です」

「あら、まだ十三歳よ？」

珍しく顔を赤らめるお義兄様を見て、お養母様はコロコロと笑った。

「母上は酷い。私をからかっていらっしゃる」

少し拗ねたようにお義兄様が唇を尖らせる。

私はその様子をほのぼのと眺めていた。前世のお義兄様は、妹と私の区別がつかなくなったお養母様を避けていたからだ。

「きっと、体を動かせば悪夢も見なくなると思います！　乗馬を習ってみるのはどうですか？」

私が提案すると、お養母様は困ったように眉根を寄せる。

「でも、私、運動は苦手なのよ」

「……そうなんですね。運動が苦手な人でもできることがあればいいのに……」

私が呟くと、寝ていたと思っていたライネケ様が顔を上げた。

〈あるぞ〉

「へ？」

私が驚くと、お義兄様とお養母様が私を見た。

「どうしたの？　ルネ」

お義兄様が尋ねる。

「大精霊ライネケ様の声が聞こえて……」

私の答えに、ふたりは顔を見合わせて静かになった。

ライネケ様の声を聞くようにということらしい。

〈我が同胞、神狐ダーキニーより、ヨガを授ける〉

「え？　ダーキニー様？　ヨガ⁇」

私がキョトンとしていると、半透明をしたキツネ耳の美女が私の前に現れた。どうやら私以外には見えないらしい。

グラマラスな体は褐色で、黒い巻髪は腰まで長い。この世界では見たこともないほど布が少ない服装だ。上半身は下着しかつけていないように見える。とても妖艶だ。

見惚れて目が合った瞬間、ダーキニー様が微笑んだ。

〈妾に体を貸せ〉

そう言うと、ダーキニー様は私に憑依した。同時に、体が勝手に動き出す。

《我が名は、大精霊ダーキニー。大精霊ライネケの頼みを聞き、そなたたちにヨガの秘術を授けよう》

私の口から、勝手に言葉が出る。私の声ではなく、艶のある女性の声だった。信仰心を使い切ったライネケ様とは違い、ダーキニー様は人に直接声を届けることができるほど信仰心を集めているようだ。声ばかりか、私の体を操っている。

〈えっ！　ちょっと、ダーキニー様に体が乗っ取られてる⁉　まって、キツネの精霊の魔法ってこういうことなの？〉

ダーキニー様に乗っ取られた私の体は、あぐらをかき、深呼吸をはじめた。

（やだ、こんな格好恥ずかしいっ！）

あられもない姿に戸惑う。しかし、体はダーキニーに乗っ取られ、声も出せない。

お養母様もお義兄様も、令嬢がしてはならないような、はしたない体勢に驚き、戸惑いを隠せない。

侍女や護衛の騎士たちは、困惑顔で私を見ている。

《妾の真似をせよ。呼吸を整え、心を穏やかにするのだ。さすれば、体の健康も取り戻せるだろう》

厳かな言葉に、お養母様は心を決めたように息を吐いた。

「精霊様の思し召しです……」

そう言って、顔を赤らめながら、敷布の上であぐらをかいた。

「私も付き合います」

お義兄様もお養母様に続く。無表情ではあるが、頬は赤らんでいる。きっと、貴族女性ではありえない姿のお養母様と私を見て、目のやり場に困っているのだろう。

（変な格好なのに否定せずに一緒に付き合おうとしてくれるなんて、お義兄様は優しいのね）

私はその姿にジーンとする。

（お義兄様は感情表現が本当に苦手なのね）

誤解して上手くいかなかった前世。今世は誤解を生まないように、せめて私はちゃんと気持ちを伝えよう。心新たに決意する。

「お義兄様……大好き」

体を乗っ取られていて言葉にならないと油断していたら、思いっきり声になった。

私の声を聞き、お義兄様はフイとそっぽを向いた。

協力的なお養母様とお義兄様とは対照的に、侍女たちは私たちの体勢に慌てふためく。

「奥様！　そのような格好はさすがに……」

「いいのよ。精霊様がおっしゃるのですもの。きっと健康によいのでしょう？　ルルがいなくなってから、生きることがどうでもよくなってしまっていたけれど、今は違うの」

お養母様は侍女たちを制すると、私とお義兄様を見た。

「過去ばかり思うのでなく、この子たちの未来を見てみたいわ。できるだけ元気になりたいのよ。少しくらい恥ずかしくたって、それがなんだっていうの？」

お養母様がそう断言すると、侍女たちはウルウルと瞳を潤ませた。

「奥様！　ご立派です」

「そうです。元気になりましょう！」

「私たちも一緒にお付き合いいたします」

侍女たちは、草の上にあぐらをかいた。

騎士たちは、自分たちのマントを広げ、私たちの様子が周囲から見えないように配慮する。

ダーキニー様は、私の体でグルリと周りを見渡して満足げに頷いた。

《準備はいいな？　まずは、呼吸を覚えろ。呼吸によって、世界の生命エネルギーを取り込むのだ。

鼻からゆっくり息を吸い、腹を膨らませ、腹をへこませるように鼻から吐く》

スーハーと息をするたびに、お腹が上下し、体の中心から温まってくるのがわかる。

《呼吸に慣れてきたら、体をほぐす》

ダーキニー様はそう説明すると、両手を合わせて手首を回しはじめた。肩や首、足首なども回し、体がほぐれてくるのがわかる。

《そして、猫のポーズだ》

指を広げて手をつき、呼吸をしながら、四つん這いになり、肩の下に手首がくるようにする。腰幅に脚を開き、つま先を立て、呼吸をしながら、猫のように背を丸める。

《ヘソを覗くように、肩甲骨を広げろ。次は息を吸いながら背骨を反らす》

ダーキニー様は指示しながら、背を丸めたり反らしたりを繰り返してみせる。

そうやって、ダーキニー様はいろいろなポーズをお養母様に教えた。

体を乗っ取られている私も、しだいに体が温まり、体がほぐれてくるのがわかる。

（体の中を、自然の力が巡っていくみたい。気持ちがいい！）

《これが基本のヨガだ。できるときに無理せずおこなえ》

ダーキニー様はそう言い残すと、私の体から出ていった。急激に力が抜けて、ペシャリとその場に突っ伏す。

「……ダーキニー様……。いきなりひどい……」

放り出されるように、現実に戻されて私はぼやいた。

「ルネ？　なの？　大丈夫？」

お養母様が心配そうに私を見た。

「大丈夫です。お養母様こそ大丈夫ですか？」

「ええ！　私は平気よ。少し恥ずかしい体操だけれど、体も頭もスッキリとしたわ」

清々しい顔をして、お養母様はハンカチで額を押さえた。

「やっぱり、ルネはルルと違うわね。ルルだったらこんなこと絶対しないもの」

お養母様は、フフフと機嫌良く笑う。

私はその言葉に、心がホンワリと温かくなる。

(前世ではルル様の代わりでしかなかったけど、今度は私自身を見てくれてるのかな)

希望の光が見えた気がした。

「たしかに、この呼吸法を繰り返すと自然のマナが体に集まってくるようだね」

お義兄様が言う。

マナとは自然界に漂っている超常的な力だ。精霊と契約し、魔法を使うにはマナのコントロールが必須になる。大きなマナが扱えるほど上級の精霊と契約でき、強い魔法を使うことができるのだ。

私はライネケ様と契約して以来、人よりも嗅覚も聴覚も敏感になっていた。しかし、今はいつも以上に敏感になっている気がする。

「たしかに、いつもより感覚が鋭くなっている気がする……」

〈そうだな。お前との交信も楽に感じる。これはよい、毎日続けろ〉

私が呟くと、ライネケ様が命じ、ダーキニー様は満足げに笑った。

「そろそろ、風が冷たくなってきました。汗をかいたので体が冷えてしまいます。お屋敷に帰りましょう」

お義兄様の提案に、お養母様と私は頷いた。

お養母様の右手をお義兄様が、左手を私が結ぶ。

私は胸がいっぱいになって、お養母様を見上げた。

（まるで本当の親子みたい……）

お養母様も同じように感じたのか、私を見おろす目と目が合った。

ふたりで少し照れながら笑いあう。

（幸せ。こんな時間がずっと、ずぅぅっと続けばいいな）

私は思いながら、屋敷へ向かってのんびりと歩いてゆく。

ヨガによって、鋭くなった感覚が木々の歌を拾う。

気分良く、キツネの尻尾がユラユラ揺れる。

フンフンと鼻歌を歌っていると、バサバサと鳥の羽ばたきが聞こえた。

お養母様を部屋に送り届けてから、お義兄様は私を部屋まで送ってくれた。いつもは部屋の入り口で別れるのだが、今日は様子が違った。

なかなか部屋の前から去る様子がない。

かといって、なにを言うでもない。

「お義兄様、お時間があるなら私の部屋でお話でも……」

「ああ、ルネがそう言うのなら」

お義兄様は被せぎみにそう答え、私の部屋に入ってきた。

平民の孤児には分不相応な豪華な部屋だ。

実は、前世の時より格段に豪華になっている。前世に比べ格段に大切にされているのだ。

お義兄様はソファーに腰掛けると、無言で両手を広げてみせた。

膝に乗れ、という意味だろう。私は、トトトとお義兄様のもとへ走り寄る。

お義兄様は満足げに私を抱き上げ、私を膝に乗せた。そして、私の自慢の尻尾を絶妙なタッチで撫でる。お義兄様の甘やかしが発動だ。

「ふぁぁぁ……ん」

(気持ちぃぃ……)

うっとりとして、思わず変な声が出てしまう。両手で唇を塞ぎ、こらえようとする。

「くぅ……」

そうしても、ぜんぜん声がこらえきれない。

「我慢しなくていいよ、ルネ。ここには私たちしかいないから」

「ひゃぁん、きもちぃぃ……」

するとお義兄様は、小さく笑う。

「あうぅ。もう、お義兄様、笑わないで？」

「ごめんね。可愛くて」

「っふぁ⁉」

お義兄様から初めて可愛いと言われて、私は目を白黒させた。

お義兄様は頬を赤らめて、ギュッと私を抱きしめると、キツネ耳のあいだに自分の顎を乗せる。

私はお義兄様の胸に、顔がくっついてしまっている。

（あ、お義兄様……。いつもより、ちょっとワイルドな薫り……。さっきヨガをしたからかな。ってことは、もしかして、私、臭い⁉）

「っ、お義兄様っ！　私、汗かいて、汚い」

「少しだけ、こうしていて。顔を見たら言えなくなってしまうから」

お義兄様の声に私は黙った。お義兄様の心音が、バクバクと響いてくる。

（お義兄様の心臓の音が聞こえるってことは、私の心臓の音もお義兄様に聞こえちゃうっ！）

恥ずかしくて涙目になりながらも、私はこらえる。口下手なお義兄様が、私になにか伝えようとしているのだ。

「ルネ、ありがとう」

小さな声を、キツネ耳が拾う。私は静かに言葉を待った。

「ルネが来てくれて、母上はだいぶ元気になった。……前までは、私を見るたびに悲しそうな顔をしていたんだ」

お義兄様の声が暗く沈む。

「きっと、私を見るとルルを思い出してつらかったのだと思う。あからさまにため息をつかれることもあった。『ルルがいない』と妹ばかり探して、私には関心がなかった。死にたいと、ルルのそばに逝きたいと、そればかりで」

淋しげな声だった。

（きっと、お義兄様は苦しかったはず。死んでしまった妹ばかり恋しがって、生きている自分を見てくれないなんて、悲しい）

私はお義兄様の背中をさする。

「なんで、私が生きているのか、ルルの代わりに私が死んだほうがよかったと、そう思っていたんだ。……母上は私を責めるつもりはなかったと思う。でも、私は責められている気がした。だから、母上の代わりにライネケ様の神殿に通い、誠心誠意お祈りをした。ルルに帰ってきてほしいというのは母上の祈りでもあったけれど、私の祈りでもあったんだ。……このままでは私も壊れてしまいそうだったからだ。もう、限界だった」

お義兄様は私をギュッと抱きしめた。

「そんなときに、ルネが現れた。ごめんね。君がルルの代わりをしてくれれば、私はルルの亡霊から解放されると思ってしまったんだ」

鼻声だった。

（そんなふうに謝らなくていいのに……。誰の代わりでも、生きていられるならそれでよかったんだもの）

私は思う。

「でも、今日、『過去ばかり思うのでなく、この子たちの未来を見てみたい』と母上が言ってくれた。母上が未来を考えてくれて。しかも、ルネがルルと違うとわかっていて、そう言ってくれたんだ。これも、ルネのおかげだよ」

お義兄様の声が震えていて、私は彼の背中をギュッと抱きしめた。

「ううん。お義兄様のおかげだよ。お義兄様が私を見つけてくれたから、お養母様と出会えたの。それにね、お養母様はお義兄様が一緒にヨガをしてくれたから嬉しかったんだと思うの。それで、ルル様がいない世界で、生きていく勇気がわいてきたんだと思う」

私が答えると、お義兄様はキツネ耳に自分の顔を押し当てた。

キツネ耳がしっとりと濡れる。温かい涙だ。

（お義兄様が泣いている……）

私の鼻もグスンと鳴った。

「私、ごはんが食べられるだけでよかったの。でも、こんなに大切にしてくれてありがとう」

そう言うと、お義兄様は無言で首を振った。そうして、大きく息を吸う。

（あ、お義兄様、また私を吸ってる！　今日は獣臭いかもしれないから、吸われたくないのに！）

私はイヤイヤと首を振った。すると、お義兄様の唇が、私のキツネ耳に当たった。

「ごめんなさいっ、お義兄様っ。毛が口に入っちゃう！」

私は慌てて、耳を押さえ、顔を上げる。

お義兄様は真っ赤な顔をして、手の甲で唇を押さえていた。

「いや、ルネは嫌じゃなかった？」

「？　うん？　私は嫌じゃないけど？」

私がキョトンと小首をかしげると、お義兄様はプッと吹き出した。

「ルネが嫌じゃなければいいんだ」

お義兄様はご機嫌な顔でクスクスと笑う。さっきまで泣いていたのが嘘のようだ。

(なんだか、急に表情が豊かになった……。でも、こっちのお義兄様のほうが素敵)

「そういうほうがいいです、お義兄様」

「そういうほう？」

「笑顔です、笑顔。いつも表情が硬いから」

私はそう答えると、お義兄様の頬をつついた。

お義兄様はカーッと顔を赤らめて、照れたように笑う。

「ルナール侯爵家では、後継者が感情を顔に出すのはよくないこととされているんだ。どこにどんな敵がいるかわからないのだから。自分の考えを悟らせてはならないって厳しく躾けられている」

お義兄様が言い、私は納得した。

「だから、お義父様も無表情なんですね。でも、家族のあいだだけは、本心を表してもいいと思います」

私の答えにお義兄様は少し淋しげに微笑む。

「私は母上が病気がちで、本音が話せなかったし、普通の家族というのがどういうものかもよくわからないんだ」

「お義兄様……」

淋しげに笑うお義兄様を見ていると切なくなって言葉を失う。

私にもその気持ちはよくわかるからだ。

弟ばかり可愛がる両親に嫌われまいと、親の顔色を窺って生きてきた。家族にすら甘えることはできず、本心などとても言えなかった。

「でも、ルネには全部話せた。だからきっと、ルネの前では素直に笑えるんだと思う」

そう告白されて、私の胸はキュンと高鳴った。

「私の前だから？」

嬉しくて尻尾がブンブンと揺れてしまう。

「そう、ルネは特別だから。だからルネも私の前ではありのままでいて」

「うん！」

私はお義兄様にギュッと抱きついた。

親に捨てられた私はずっと、誰かの特別になりたかった。

「お義兄様、大好き！」

私が言うと、お義兄様は幸せそうに笑った。

幼い罪人

晴れた日の日課となった野外ヨガを終え、私たち三人とライネケ様、そして侍女たちは屋敷へ向かっていた。

そのとき私は奥の森から不穏な気配がするのを感じた。森は紅葉で赤く色づいている。

ヨガの効果で体中にマナが満ち、感覚が敏感になっていたため普段なら感じられない空気に気がついたのだった。

私はクンと匂いを嗅いでみる。すると、花と木々の薫りに紛れて、錆びた鉄のような不快な匂いが漂ってきた。

(この匂いは……、血だ！)

私はハッとしてあたりを見回した。キツネ耳をピンと尖らせ、音を探る。微かにうめき声が聞こえた。動物の鳴き声ではない。

(誰か、怪我してる⁉)

「これって……?」

〈気がついたか〉

私が思わず呟くと、ライネケ様が固い声で答えた。

〈光の気配……〉

「どういう……？」

私は、言葉の意味を尋ねる。

ライネケ様はそれには答えない。彼は、というか、彼ら精霊は気まぐれなのだ。

「どうしたの？　ルネ」

お養母様に問われて、私は慌てて笑顔を作った。

（心身ともにか弱いお養母様に、怪我人など見せたら卒倒するかもしれないわ）

「あの、ちらっと、ウサギが見えたから。私、ちょっと追いかけてくる！」

「ウサギ？」

お養母様は不思議そうな顔をした。

「あ、あの、キツネの本能がそう言ってるんです」

しどろもどろに嘘（うそ）を吐くと、お養母様は納得したように頷（うなず）いた。

「きっと、私たちにはわからないことがあるのね」

「はい」

私は、罪悪感を覚えながら微笑（ほほえ）んだ。

「私もついていく」

お義兄（にい）様がついてこようとして、お養母様が不安げな顔をした。

私はお養母様と侍女たちに視線を向けてから、お義兄様に頼む。

「私たちふたりとも行ってしまったらお養母様が心配なさると思うの。お義兄様は、お養母様をキチンとお部屋に送り届けてね」

私がウインクすると、お義兄様はしぶしぶと頷いた。お義兄様は私の嘘に気づいた上で、今は見逃してくれるのだろう。

お義兄様は、私と一緒にいるときには、豊かに感情を表現してくれるようになっていた。私はそれが嬉しい。

「では、行ってきます！」

私は、お養母様たちに手を振ると、森へ向かって駆け出した。

◆　◆　◆　◆

（ライネケ様の耳をもらってから、体が軽いわ）

私は飛ぶように駆けながら思う。木の根をピョンと跳び越える。一緒に走っているライネケ様も、いつもよりのびのびとしている気がする。

木の枝は私を見ると勝手に避けてくれるようだ。森の中の長い距離も気にせずドンドン走れる。

（森がまるで自分の庭みたい。とっても気持ちがいい〜！）

柏の木にツタが絡まりその先では紫の実がぱっくりと口を開けていた。なんだかモンスターのようで気味が悪い。

〈あの紫の実はアケビだ。食えるぞ〉

「知らなかった！　ライネケ様は物知りですね」

〈この森や、この国のことならたいていはわかる。あのオレンジ色の花は、キツネノカミソリ。黄色い花はキツネノボタン。あれには毒があるから気をつけろ。ああ、血の匂いがするからそのヨモギを摘んでいけ〉

足元には、まだ青々とした草が生えていた。葉(は)の裏には白い毛が生えている。

〈よく揉(も)み、患部に貼れば止血になる〉

「ライネケ様はすごいわ」

思わず呟く。

〈そうだろう〉

フフン、とライネケ様は笑った。

〈こっちだ、ルネ〉

ライネケ様の声に従って先を急ぐ。

ヒクヒクとキツネ耳が動く。ガサガサと草木をかき分け、匂いのもとを探していく。すると、錆びた鉄のような匂いが漂ってきた。

〈ここは汚い、穢(けが)れる。我が輩はここにはいたくない。キツネたちよ、必要なものをルネに与えよ〉

ライネケ様はそう命じると、木々のあいだに姿を消した。

「ライネケ様⁉」

呼んでも、もうライネケ様は答えない。

すると、大きなキュウリのような果実を咥えたキツネが現れて、私の足に頭突きした。周りにはリスやウサギなども集まってきている。

動物たちは我先にと案内をはじめた。彼らについていくと、そこには小さな男の子が倒れていた。細い手足に、金髪の髪。やつれてはいるが美しい子供だ。平民というにはこぎれいな服装、しかし、貴族的な派手さはない。

（こんなにキレイな金髪……、王族でも珍しい）

私は一瞬、前世の夫である王太子を思い出していた。ガーランド王国の王族は、代々金髪の人が多いのだ。しかし、王太子でもこれほど見事な金髪ではなかった。

そのうえ、この子供の足首には、罪人の印である鉄製の足輪が嵌められていた。これは、政治犯につけられるものだ。私も処刑前に同じ物を嵌められていた。

ルナール領はガーランド王国の北にある。高い山に囲まれた盆地で、平地が少ない。交通の便は悪く、陸の孤島と呼ばれている。それらの事情から、罪の軽い高貴な罪人の追放先ともなっているのだ。彼らは、ルナール領の外れにある修道院で、魔法の足輪をはめられ、労役を課せられる。ルナール領に送られることを、王都の人々は『山流し』と恐れていた。贅沢な暮らしに慣れた貴族からすると、不便な辺境の地で田舎暮らしをすることは、それだけで罰だったのだ。

（親が罪を犯した有力者なのかしら？　こんな小さな子、自分自身の罪じゃないでしょうに……）

私は気の毒に思った。家族の罪に連座して、子供も一緒に罪を問われることがある。私のせいで、関係のないお養父様とお義兄様が犠牲になったように。

私はふつふつと怒りが湧いてきた。

(罪人の子供という理由で、見捨てるなんてできない!)

「大丈夫⁉」

声をかけた瞬間、男の子は木の枝を私に向けた。

脂汗をかき、息も絶え絶えだ。しかし、黄金のつり目は爛々と燃えている。反撃などできそうもない弱々しい姿なのに、必死に威嚇してくる様子が痛々しい。

動物たちは驚いて、私の背中に隠れる。

「早く外さなきゃ! 足が腐っちゃうわ!」

「腐る⁉」

子供は知らなかったのか、顔を青ざめさせて足を見た。

鉄の足輪のあいだから、ジュクジュクと紫色の泡が漏れ出ている。鉄の足輪には魔法がかけられており、逃げ出すと魔法が発動するのだ。内側から細かなトゲが出て、擦り傷を作る。

擦り傷程度と思うだろうが、そのトゲには毒が仕込まれており、傷口から広がり、肉を腐らせ動けなくする。患部を切らなければ、最終的には死ぬ運命だ。

私は子供に手を伸ばした。

「さあ、早く!」

子供はブンと木の枝を振り回す。

「近寄るな!!　そう騙して殺す気だろう！」

「だって、このままじゃ、あなた、ここで腐って死ぬわよ？　逃げ出した罪人は木になると言われなかった？」

私の言葉に子供はブルリと震える。

「聞いたけど、そんなの……脅しだろ？」

「いいえ、腐って土に染み込んだあと、そこに木が生えるの。その木には足輪が嵌まっているわ。見たことない？」

街道沿いには、たまにそういう木が立っている。そして、その木は、足輪に書かれた名前で呼ばれるのだ。ちなみに前世で私に嵌められた足輪には【女ギツネ　ルネ・ルナール】と刻まれていた。

死んだあとも木が枯れるまで、罰として見せしめにされ続ける。

足輪を外すには、懲役を終えるか、病気などで修道院で亡くなるしかない。

「あの木は、本当に……」

子供もきっと見たことがあるのだろう。恐れるように私を見た。警戒の中に、戸惑いが見える。

私は両手を挙げてみせた。

「ほら、なんにもしないよ」

しかし、子供はブンブンと頭を振った。

「ほっといてくれ！」

「だって、このままじゃ、死んじゃうよ？」

「オレなんか死んだほうがいいんだ！」

子供は吠えた。

「なに言ってるの！」

「だって、オレが生まれたせいで母さんは殺された。オレをかばって殺された。さっきだって、修道院へ行くはずだった隊列が襲われた。俺はなんとかここまで逃げてこられたけど、きっとみんな殺された！」

彼は修道院へ送られる途中に襲われたらしい。

「どうして、修道院に送られることになったの？　あなたのお母さんは、何か悪いことをしたの？」

私が尋ねると、男の子は唇を噛んだ。

「違う!!　オレたちはただ、静かに暮らしてただけなんだ。それなのに、急に役人がやってきて、オレを捕まえた。母さんが、命だけは助けてくれって言ったら、『おとなしくルナールの修道院で暮らすなら命までは奪わない』って。だから、オレは修道院に行くことにしたんだ。それなのに……母さんは殺された」

男の子はギュッと目を瞑ってから、顔を上げた。

「オレたちなんにも悪いことなんかしてない。ただ普通に生きてただけだ。それなのに修道院へ入らなきゃいけないなら、生まれたことが罪なんだ！　オレなんか生まれなければよかった！　こんなオレが生きてる意味なんてない！」

子供は涙を瞳にためながら、めちゃくちゃに木の枝を振り回している。

（生まれたことが罪だなんて。この子はなんにも悪くないじゃない!!）

私はギュッと胸が痛くなった。自分自身にも覚えがある感情だったからだ。私は、モンスターによる襲撃のどさくさに紛れて捨てられた子供だ。

迫り来るモンスターの前で、私は父に助けを求めた。しかし、父は、弟だけ抱き上げて、私をモンスターの前に取り残した。父に似てない私は、ときおり父から暴言を吐かれていた。父に似てない私を産んだ母も、同様に責められていた。

ただ飯食いで役立たずの女は邪魔だと、言い捨てた父。母はごめんねと呟いて、私を見捨てて逃げた。しかし、モンスターはとり残された私ではなく、逃げ出した彼らを追い殺したのだ。

私はそれを見てがむしゃらに逃げた。

今でこそ侯爵家で幸せに暮らしているけれど、何度、生まれなければよかったと思ったことだろう。

「そんなことない！　生まれたことが罪だなんて思わないで!!」

私は自分自身に言い聞かせるように叫んでいた。

子供はビクリと体を震わせ、動きを止めた。

「私、両親に捨てられたの。モンスターの前で見捨てられた」

黄金の髪の子供は、ゴクリと息を呑んだ。そして私をマジマジと見る。

「でも、あなたのお母さんはあなたをかばったんでしょ？　自分の命と引き換えにしてでも、あなたに生きてほしかったんでしょ!?」

子供はハッとしたように、息を止めた。黄金の瞳が、狼狽えるように揺れている。

「……母さんは、オレに生きてほしかった……？」

「そうよ！　それなのに、生まれなければよかっただなんて、お母さんが可哀想よ」

シンと森の中が静まりかえった。

沸々と怒りが湧いてくる。

「私は捨てられた。親からいらないって捨てられた。私こそ生まれなきゃよかったんだわ！」

私が生まれなければ、侯爵家の養女にならなければ、お養父様もお義兄様も処刑されずにすんだ。

ルナール領だって奪われず、ライネケ様の神殿だって落ちぶれることはなかったはずだ。

私が生まれてきたせいで、みんな不幸になった。

（ぜんぶ、ぜんぶ、私のせいだ）

感情の堰が決壊し、涙が溢れる。胸の奥に秘めていた思いがぐちゃぐちゃに暴れ出す。

「私さえいなければ！　私なんて死んでいれば!!」

そうわめいてハッとする。キツネがおびえた顔で私を見上げていた。

「そうか……私が死んでしまえば……」

王太子に見初められることもなく、お養父様もお義兄様も死なない。ルナール領もライネケ様の神殿も今のまま変わらないはずだ。

ライネケ様の望むやり直しの人生はもう始まっている。私が死んで、ライネケ様が別の頭の良い人と契約をしたほうが、みんなが幸せになれるやり直しがかなうのではないだろうか。

（もう、別に私じゃなくてもいいんだわ。それこそ、お義兄様がライネケ様と契約したほうがいい……）

私は気がついてしまった。

「そうか……」

私が呟いた瞬間、子供が木の枝を投げ捨てた。

そして、片足を引きずりながら私に近寄り、ギュッと抱きしめた。

「馬鹿なこと、言うな！」

「……だって、あなたはお母さんに愛されてるじゃない……」

小さな胸に抱かれて、私は鼻をすする。

「あなたは命をかけて愛されてるじゃない!!　それなのに、生きてる意味がないんでしょ？　親に捨てられた私なんか、もっと生きてる意味がないじゃない！　誰にも愛されない私なんて……！」

声をあげて私は泣いた。

私には一生手に入らない愛情だ。

父は弟だけを可愛がり、自分に似ていない私を疎んだ。母と弟は、父の逆鱗（げきりん）に触れまいと私から距離を取った。私も、ふたりに迷惑をかけたくないと甘えることはできなかった。

ルナール侯爵家の人々は私を大事にしてくれるけど、前世ではルル様の代わりにされていただけだった。

今彼らが私に優しくしてくれるのは、私が大精霊ライネケ様の契約者だからだ。

無条件に愛してくれるはずの両親は、私を捨てた。そんな私がほかの誰に愛されるというのだろう。

お義兄様の微笑む顔が頭を過る。唯一心から安心して甘えられるのはお義兄様だけだ。

（ありのままでいて、とお義兄様は言ってくれたけど……。それは嬉しかったけど……。お義兄様が優しくしてくれるのも、私がルル様に似ていて、ライネケ様の契約者だからよ……。きっと）

そう思ったらギュッと心臓が痛くなった。

「ごめん！　オレが悪かった！　泣きやめ！　な？　オレも死ぬなんて言わない！　だからお前も死ぬなんて言うな!!」

男の子は、ワシワシと私の頭を撫でた。少し乱暴だが、温かい手が気持ちいい。

動物たちもよってきて、慰めるように体を擦りつける。

「……本当に？」

「本当だ。だから、な？　それに、誰にも愛されないなんて言うなよ……。まだわからないだろ。今から出会うかもしれねーじゃん？」

私はスンと鼻をすすった。涙と鼻水で顔がグシャグシャだ。

腹いせに、男の子の胸に顔を擦りつけ、涙と鼻水を拭う。

男の子はイラッとしたように声をあげた。

「っ！　お前……っ！　鼻水つけるな!!」

私は顔を上げ、テヘと微笑む。

「ごめんなさい。かわりに傷を手当てするから許して？」

小首をかしげて、キツネ耳を動かせば、男の子はウッと顔を赤らめ言葉を詰まらせた。

「……しょうがねぇな。お前みたいなちびっ子にできるのか？」

私はその言葉を無視して、男の子の腕から離れる。

すると、そばにいたキツネが、大きなキュウリのような果実を落とし、ふたつに割り、私にくわえてよこした。

果実はスポンジのようで、中に水を含んでいる。キュッとつまむと、綺麗(きれい)な水が零れた。

「これで、血を流せるわね」

私が言うと、男の子はキラキラとした瞳で私を見た。

「……もしかして、お前って、森の妖精？」

紅潮した顔にギョッとして、私は否定する。

「違うわ！　違うの！　えーっと、私はいろいろあって、大精霊ライネケ様からキツネの耳と尻尾をもらったの」

そう説明し、尻尾を振り、耳を動かしてみせる。

「こんな姿だけど、ただの人間！　妖精だったら親に捨てられたりしないでしょ？」

私が説明すると、男の子は気まずそうに目を逸らした。

「……ごめん、その」

きっと、この姿のせいで親から捨てられたと思ったにちがいない。

「尻尾のことなら気にしないで。これのおかげで今は新しい家族と暮らせることになったから。それに、私、気に入ってるの！　可愛いでしょ？」

そう微笑んでみせると、男の子はホッとしたように息を吐いた。

「可愛いけどさ、自分で言うか？」

そう笑う。根は優しい子なのだろう。

「ほら、足を見せて」

私の言葉に子供はオズオズと足輪のついた足を伸ばした。

血まみれになった足輪に手を伸ばす。足輪には、八桁のダイヤルがついており、番号をそろえることで開くようだ。

「っつ！」

男の子は痛みで身じろいだ。

「ライネケ様、ライネケ様！　声が聞こえますか？　お願いです！　助けてください‼」

〈こんな臭いところに我が輩を呼ぶな！〉

ライネケ様は顔をしかめて、木々のあいだからから顔を出した。そして、私に駆け寄ると、脇に鼻を突っ込みスーハースーハーと呼吸をした。

突然現れた白銀のキツネに男の子は目を丸くする。

「すみません。でも、この鍵を開けたくて……。開けられますよね？」

〈ふん！　このくらい簡単だ！　ガーランドの暗号など我が輩には無意味〉

ライネケ様が嘲（あざけ）るように言うと、私が鍵に触れた部分から勝手にダイヤルが回り出し、数字がそろっていく。

カチリと音が鳴り、足輪が外れた。同時に、内側のトゲも中に引き込まれる。

〈果実の水で足を洗ったら、毒を吸い出せ。その毒は、体内に入らなければ効果はないから大丈夫だ。そして、ヨモギを傷口に巻くのだ。いいか、我が輩はもう行くぞ！〉

ライネケ様はプリプリと怒りつつも、適切な指示を出してから、再び森の中へ消えた。

（なんだかんだいっても、ライネケ様は面倒見がいいのよね）

微笑ましく思いながら、私はライネケ様の指示に従う。キュウリのような果実を搾って、その水で男の子の足を洗った。傷口に口をつけ、毒を吸い出し、地面に吐き出した。

「や、やめろ！　お前に毒が!!」

男の子は足を引こうとするが、痺（しび）れているようで思うままに身動きがとれないようだ。

「大丈夫」

私は軽く答え、毒をすべて吸い出した。そうして、もう一度、果実の汁で傷口を清める。

ライネケ様から教えてもらったヨモギを揉みしだき、張りつけた。ハンカチを包帯代わりにしてクルクルと巻く。そして、「早く治りますように」と祈ると、ハンカチがほのかに輝いた。

キュウリのような果実で、足輪を拭いた。足輪には名前が書いていなかった。

（足輪に名前がないなんて、聞いたことがない。どういうことかしら？　名前がなければ、逃亡して死んだときに見せしめにならないわ？　逃亡しても殺す気はないってことかしら？）

私は小首をかしげながら、男の子を見た。

「あなた、名前は？」

男の子は、一瞬口ごもった。迷うように視線を泳がせたあと、決心したように私を見つめた。

「オレの名は、バルドル」

「バルドル、いい名前だね。私はルネ」

「ルネ、助けてくれてありがとう」

バルドルは、礼を言って、大人びた目つきで私を見つめた。

「でも、オレのことは忘れてくれ。オレと関わったと知られたら、お前も殺されるかもしれないから」

「……行く当てはあるの？」

バルドルは頭を一振りした。否定とも肯定ともとれない笑顔を向ける。

「大丈夫！　仕事でも探すさ」

空元気とわかる声で答え、バルドルは足を引きずりながら歩き出した。

しかし、バルドルは美しく田舎町の子供には見えない。黄金の髪も、同じ色の瞳も目立ちすぎる。町へ出れば、きっと追っ手に捕まるだろう。

かといって、私に彼を守るすべはなかった。さすがに侯爵に匿ってほしいとは頼めない。私は侯爵に好かれていないのだ。

(でも、下男の服をあげたら、少しは見つかりにくくなるんじゃないかな)

私は思いつき、思わず呼び止める。

「待って！」

バルドルは振り返った。

「ねぇ、その格好で街に出たらすぐに見つかっちゃうわ！　せめて、服だけでも着替えて」

「でも……」

「私が帽子と服を持ってくる！」

「でも、金が払えない」

「じゃあ、大人になってからでいいから、体で払って！」

私が提案すると、バルドルは顔を赤くして自分の体を抱きしめた。

「大人になってから体で払う……？」

困惑げなバルドルを私は不思議に思う。

(そんなに変なこと言ったかな？)

「お、おま、どういう⁉」

どうやら意味が伝わっていなかったらしい。

「大人になってから、ルナール領が困ったときに力を貸してほしいの。災害で人手がいるときとか、そういうときに手伝ってくれればいいの」

私が必死に説明すると、バルドルは間の抜けたような顔をして、フッとため息をつき、笑った。

「っ、は、うん。そういう意味か。そうか……」

「ダメ？　かな？」

「お前、オレが大人になるって信じてるんだな」

「？　当たり前でしょ？」

私が小首をかしげると、バルドルは噴き出した。

「そっか、じゃあ、オレ、大人にならなきゃな」

バルドルは噛みしめるように言った。

「だからね、ちょっとここで待ってて？　服を準備してくるから！」

「ああ」

「絶対の、絶対だよ？　動物さんたち、バルドルが逃げないように見張っててね？」

私がお願いすると、動物たちは「キュ」と鳴いた。

「逃げないよ」

バルドルは笑う。

私はバルドルを森に残して、屋敷へと戻った。途中で、ライネケ様と合流する。

私は下男のもとへ行くと、お下がりの子供服を内緒で売ってもらった。お金はお養母様からもらっていたお小遣いを使う。

そして、それらを鞄（かばん）に詰め、思い立つ。

「帽子だけじゃ、あの黄金の髪は隠しきれないわよね。せめて、髪の色が変えられれば」

この国には、髪の色を変える技術がない。

〈できるそうだ〉

ライネケ様の声が聞こえた。

「できるの？」

〈ダーキニーが話をさせろとうるさい。ほかのキツネの精霊まで、お前にいろいろ教えたがっていてうるさいのだ!!　まったくお前というヤツは、我が輩以外にも好かれよって……〉

ライネケ様がブツブツぼやくと、ダーキニー様の声が響いた。

〈妾(わらわ)の英知を授けようぞ。ヘンナの粉を使えば、黄金の髪ならオレンジに染まるだろう〉

「ヘンナの粉？　どこに行けば手に入るの？」

〈薬倉庫へ行けばあるだろう。薬の素材として保管されているはずじゃ〉

ダーキニー様の言葉に従い、薬倉庫へ行き、ヘンナの粉を器にわけてもらう。

ダーキニー様にヘンナの使い方を教わりつつ、バルドルと出会った場所へ戻ると、彼は大きな柏の木陰に身を隠していた。

私はそばに駆け寄ると鞄を渡した。

「はい、これ」

「……ありがとう」

「それとね、髪を染める物を持ってきたの」

〈湯が必要じゃな〉

ダーキニー様が呟くと、また別の声が響いた。

〈私が案内させましょう〉

〈葛(くず)の葉か〉

しっとりと嫋(たお)やかな声の持ち主は、葛の葉という名前らしい。

〈温泉の場所へ、この子らを案内しておくれ〉

葛の葉様が命じると、今まで私たちを見守っていたキツネが顔を上げて、先を歩き出した。

私たちは、足輪や荷物を持ってキツネのあとについていった。到着した場所には、川が流れていた。

湯気の立つくぼみが川岸にあり、キツネはそこに向かって「コン」と鳴く。

湯気の立つくぼみに手を入れてみると、人肌のお湯がたまっていた。

私が驚くと、キツネは満足そうに尻尾を振る。

〈髪の染め方は教えたとおりじゃ。頑張るのだぞ〉

その声を最後に、ダーキニー様と葛の葉様の気配が消えた。

私は教わったとおり、ヘンナの入った器にお湯を入れて溶いた。

「このドロドロのものを髪に塗って、少し待てばいいみたい」

「うえ」

バルドルは顔をしかめた。

「でも、命には代えられないよな」

自分を納得させるように言うと、ヘンナを頭に塗りつける。

髪が染まるあいだ、私たちはいろいろなことを話した。

ライネケ様やほかの小動物たちは川岸のくぼみで湯につかり、気持ちよさそうにウトウトしている。

「そろそろ落としてもいいかな」

一時間ほどたったところで、川に入りヘンナを落とす。

バルドルは上着を脱いで、川に飛び込んだ。ライネケ様のお力で、もう傷が痛まないのか、せっかく巻いたハンカチが濡れるのも気にならないようだ。

ビチャビチャとはねる水しぶきに、ライネケ様は迷惑そうに顔を歪める。

「うおー！　きもちいい！　お前も来いよ、あったかいぜ！」

バルドルは天真爛漫に笑った。髪はオレンジ色に染まっている。水が滴って、キラキラとプリズムを作る。

子供のわりに筋肉質な体で、思わず見蕩れる。

「……ん、なんだよ」

バルドルは唇を尖らせ、不満そうな顔をした。

「すごい、筋肉だなと思って」

「力仕事をしてたからな」

「かっこいい！」

感嘆すると、バルドルはドヤ顔で微笑んだ。

「だろ？　触ってもいいぜ！」

そう爽やかに笑うと、小川から上がってきて、彼は私の手を引っ張った。

「キャ！」

私は突然のことに驚いて声をあげた。

その瞬間、私の顔の横を風が走った。

「うわ！」

剣を突きつけられたバルドルが私の手を離し、のけぞる。

私は背中に殺気を感じ、恐る恐る振り返る。

すると、そこには無表情のまま、バルドルに剣を突きつけるお義兄様がいた。

（うそっ！　お義兄様⁉　なんで？　いくら、王の密命を受ける一族だとしても、ライネケ様の耳でも、気配がわからないないないなんてことある⁉）

私は驚き、声も出ない。

「私の義妹に手を出すな」

お義兄様は冷たく告げると、バルドルの喉元に剣の切っ先を押しつけた。

白い喉元に切っ先があたり、今にも切れてしまいそうだ。

「お義兄様！　やめて‼　そんなんじゃないよ」

私は振り向き、お義兄様の腰にすがりついた。

「ならなんだ」

「私が筋肉を珍しがったから、見せてくれただけなの！」

「筋肉が珍しい？　だったら、私の筋肉をいくらでも触ればいい。私のほうがすごい」

お義兄様が真面目な顔をしてそう答えた。

（は？　この緊迫の状況でお義兄様はなにを言っているの⁇）

私は一瞬ポカンとするもすぐに我に返り、ブンブンと頭を振る。

「とりあえず、剣をおろして？　お義兄様の筋肉はあとでじっくり見せてもらいますから」

答えてから、少しおかしな言い方だったかなと思いつつ、気がつかないふりをする。

すると、お義兄様は満足げに頷き、剣を下ろした。

バルドルはビックリしたまま硬直している。

「それで、この男はなんだ」

お義兄様は攻撃的な口調で、バルドルを睨(にら)んだ。相手が平民だからだろうか。言葉が乱暴になっている。

私は、お義兄様に足輪を渡し、これまでの経緯を説明した。

お義兄様はそれを聞き、小さくため息をついた。

「ルネ、こういう危険なことはひとりでしないで。心配するよ」

「……はい」

「これからは必ず、私に相談すること」

「はい。ごめんなさい」

「でも、ルネの優しさはいいところだね」

お義兄様は私を抱き上げ、ヨシヨシと頭を撫でた。

私はお義兄様に褒められて、嬉しくなりニッコリと微笑む。思わず尻尾がお義兄様にギュッと巻きついた。

「っう」

お義兄様が小さく呟きよろめく。心なしか頬まで赤い。

「あ、お義兄様ごめんなさい。苦しかったですか？」

「いや、苦しくない。そのままで」

「でも、」

ヘニョンと耳を倒して尋ねると、お義兄様はさらに頬を赤くして答えた。

「そのままのほうが安定するだろう？」

（やっぱり、苦しそうなんだけど……。でも、お義兄様がそう言うならいいのよね）

なんだかんだ言ってもお義兄様は私に甘いところがある。あまり食い下がってもよくないと思い、私は口を閉じた。

「オレはなにを見せられてるんだ……？」

バルドルが呟くと、お義兄様は彼をジッと見つめた。

冷たすぎるまなざしに怖じ気づいたのか、バルドルは気まずそうに目を泳がせる。

ライネケ様は湯から上がると、お義兄様の前でこれ見よがしに体をブルブルと震わせた。水しぶきがあたりに散らばって、お義兄様も私もバルドルも濡れる。

バルドルはそこで我に返った。

「あの、オレ、お前に迷惑かける気ないし、これだけもらったらすぐ出てくし……。だから見逃してください！」

バルドルはガバリと頭を下げた。

「黄金の瞳……」

お義兄様は小さく呟くと、大きくため息をついた。

「あなたはお母様から、お父様についてなにも聞いていないのですか？」

私は突然丁寧な口調になったお義兄様を不審に思う。

ルナール侯爵家は、古くから王の密命を受ける一族だ。お義兄様にはなにか心当たりがあるのだろうか。

バルドルは眉間に皺を寄せ、お義兄様を見た。

「オレが修道院に着く前に殺されそうになったのは、ソイツのせいなのか？」

バルドルは固い声で答えた。

お義兄様はマジマジとバルドルを見た。なにか見定めるかのような視線に、バルドルは目を逸らさずに対峙した。

「あなたを私の家門で保護する必要がありそうです」

「……え？」

バルドルが不思議そうにお義兄様を見つめた。

「あなたは、修道院に着く前に死んだことにします」

お義兄様はそう言うと、バルドルが嵌めていた足輪を、川から少し離れた場所に投げ捨てた。

「転がっている木の実に髪の毛を結びつけて、その足輪の中心に埋めてください」

バルドルは、助けを求めるように私を見た。

「大丈夫だよ！　お義兄様は優しくて賢いの。きっと、悪いことにはならないわ！」

私が説明すると、お義兄様は嬉しそうに微笑んだ。

「……え、この人、こんなふうに笑うんだ……？」

「早くしてください」

呆気（あっけ）にとられているバルドルに、お義兄様は冷ややかに命じる。

バルドルは慌ててお義兄様の指示に従った。足輪の中に柏の実を置く。するとすぐに芽が生え、伸び出した。これが、罪人の足輪にかけられた魔法なのだ。

私は思わず凝視した。

「では行きましょう」

お義兄様は私を抱いたまま、屋敷へと向かった。屋敷に着くと、私を玄関におろしバルドルを連れてお養父様のもとへ行ってしまった。

(私にはなにも教えてくれないんだ……。少し淋しいな)

私は疎外感を覚えつつも、しかたがないと思う。私はルナールの血筋ではない。ルナール侯爵家が王の密命を受けていたことも、前世で断罪されたときに初めて知ったのだ。

きっと、私には話せないことがあるのだ。知らないほうがよいことも。

ライネケ様は、落ち込む私を慰めるように足のあいだをクルリと回った。モフモフの毛皮がくすぐったい。

私はギュッとライネケ様を抱きしめる。

「ねぇ、ライネケ様……。私、気がついたの。ライネケ様の望みを叶（かな）えるためには、私じゃなくて、お義兄様と契約したほうがよかったんじゃないのかな。今からでも、お義兄様と契約し直したほうがいいんじゃないかな?」

ライネケ様は鼻で笑った。

〈愚かなことを。精霊の契約は契約者が死ぬまで有効。一対一の契約だ〉

「うん、だからね、私が死ねば――」

言いかけた途端、ライネケ様は私の鼻を甘噛（あまが）みした。

〈まったく、お前は愚か者だ〉

ライネケ様に笑われて、シュンとする。涙がにじんでくる。

「だって、私、馬鹿だから……」

〈ああ！　もう!!　そうではない!!〉

ライネケ様は乱暴に言うと、私の肩に前足を置き、顎を頭に乗せ、尻尾で脇をバシバシと殴る。

〈我が輩がなぜ、お前のやり直しに付き合っているのかわかっているのか？　我が輩がお前を選んだからだ。我が輩がルネを相棒に選んだのだ！〉

「……相棒……」

〈そうだ。成功も失敗も、お前と一緒でなければ意味がない。お前が死んだら、我が輩は誰とも契約などせんからな！　この領地がどうなっても知らんぞ！　だからお前は一生懸命生きるのだ！

これは、我が輩からの命令だ!!〉

「ライネケ様……。私、生きてていいのかな?」

私がポロポロと涙を零すと、ライネケ様は頬を転がる涙をペロペロ舐(な)めた。

〈当たり前だ。この小馬鹿め！　我が輩がやり直させたのだ。我が輩の判断を疑うのか。人間風情の分際で。そもそも、我が輩が誰と契約を結ぶか、お前がとやかく言えることではない！〉

ライネケ様が怒るほど、私の心が喜びで痛くなる。

（親に捨てられ、養家(ようか)まで巻き添えにして破滅した悪女。それでも、生きていていいと言ってくれる）

私はライネケ様の胸に顔を埋(うず)めた。

〈ええい！　我が輩の毛皮で涙を拭くな――、おま！　それは鼻水ではないか!?〉

私は、わめくライネケ様を押さえ込みギュウギュウと抱きしめた。

「ありがとう。ライネケ様」

〈ふん……〉

礼を言うとライネケ様は諦めたように体の力を抜き、私を抱きしめ返した。

お義兄様とお養父様のあいだで話し合われたのだろう。翌日からバルドルは、ルナールの遠縁の子として、屋敷の中に住むことになった。

ヘンナで髪の色をオレンジに染めたバルドルは、バルと呼ばれるようになった。

「内緒なんだけどさ」

バルは私のキツネ耳にそっと唇を近づけた。

ライネケ様は私の足下でクゥクゥ寝息を立てている。

「オレの父さん、国王様なんだって」

「っ⁉」

私は驚きのあまり声が出そうになり、慌てて両手で口を押さえた。

(ってことは、バルは前世で革命軍のリーダーだった義足の王子ってこと⁉　そうか、前世では違う人に助けられ、足を切断するしかなかったんだ。えっと、待って？　これってどういうこと？　革命はもう起こらないの？)

無知な私にはよくわからない。

動揺している私に気がつかず、バルは続ける。

「で、王妃殿下がオレの命を狙ってるから、修道院に保護される予定だったんだって。でも、保護される直前に、王妃殿下の配下に見つかっちゃったらしい」

「……それでお母さんが……」

王妃の配下に見つかって、バルのお母さんは殺されたのだろう。そして、護送中の馬も襲われたのだ。

「で、今のままじゃ危険だからって、いったんオレは死んだことにして、侯爵様が匿ってくれるんだって」

バルの説明を聞き、私は納得する。

きっと、お義兄様はバルの存在を聞いていたのだ。王妃の悪意に気がつき、機転を利かせ、保護することにしたのだろう。

バルはそこまで話して、耳から口元を離した。

そして、私を正面から見つめる。

「あのさ、オレ、ルネに言われて思ったんだ」

「？」

私は小首をかしげる。

「オレの母さんは『自分の命を引き換えにしてでも、あなたに生きてほしかった』って言ってくれただろ？　だからさ、オレ、天国から見てる母さんが、助けてよかったって安心できるように生きなきゃって」

バルの黄金の瞳はキラキラと輝いていた。

「そうだね」

「いっぱい勉強して、いっぱい鍛錬して、……それで、その……」

バルが言いよどむ。

「？」

私は不思議に思ってバルを見つめた。

「あの、その、大人になったら……ほら……」

「ん？」

「約束……しただろ？　オレ」

「約束？」

「体で恩を返すって‼」

バルが大声で叫んだ瞬間、私はヒョイと宙に浮かんだ。ビックリして振り返ると、お義兄様が私を抱えている。

「お義兄様！」

「誰が、体で恩を返すのですか？」

お義兄様は宵闇色の瞳で、バルを見おろしていた。

バルはブルッと震え上がる。

私が弁明すると、お義兄様はニコリと笑ってキツネ耳に頬を擦りつけた。

「あのとき約束したんです！　ルナール領で困ったことがあったら力仕事で恩返ししてね、って」

「そうか、そういう意味だったんだね。ルネはよい約束をしたね。バルには大きくなったら、しっかり働いてもらおうね」

「お義兄様ぁ、くすぐったぁい」

私がキャッキャと喜ぶと、バルはケッと悪態をつく。

「なんだよ……、『誰にも愛されない』って嘘じゃん。思いっきり愛されてるじゃん」

お義兄様は、フンと鼻を鳴らしてバルを見た。

「……というわけで、バル。余計なことは考えないように」

お義兄様が威嚇するように言って、私は小首をかしげた。

「余計なこと……？」

「ルネは気にしなくていいんだよ」

お義兄様はそう微笑むと、もう一度私に頬を擦りつけた。

三章

修道院は知恵の宝庫

私は今日、馬車に乗り、お義兄様と一緒に修道院へ向かっている。私の膝の上にはライネケ様が眠ったふりをして寛いでいる。ライネケ様はキツネなのに狸寝入りが上手だ。

修道院には王妃と繋がる者がいるかもしれないため、バルは安全が確認できるまでお留守番だ。

お養父様は、バルのもとの髪色を知っていた。そのため、髪の色がかわっていたことを不振に思い、バルに理由を尋ねたらしい。

バルは、「ルネに染めてもらった」と素直に話したそうだ。

しかし、髪染めの技術はこの国にはまだないものだったため、お養父様はその安全性を侯爵家の医師に尋ねた。

侯爵家の医師トルソーは、白いヒゲを携えた優しいおじいちゃん先生である。王都でも有名な医師だったが、年老いた今は、ルナール領で隠居生活を楽しみつつ、侯爵家の主治医をしている。そのため、最新の医療について、自分では知見が乏しいと判断したらしい。

トルソー先生は、修道院へ赴き、王都から山流しされてきた医師に相談した。その結果、王都出身の最先端の知識を持った医師でも知らない技術だと判明した。そこで早速ヘンナの検証が行われ、髪染めの安全性が確認された。

そんなことから王都出身の医師に興味を持たれ、私は修道院へ呼ばれることになったのだ。

（おおごとになってしまった……）

私は、冷や汗をかきつつ、馬車に揺られて修道院へ向かっている。トルソー先生は、先に修道院へ行き、私たちを待っているらしい。

お義兄様は当然のように私に寄り添い、尻尾を撫でている。

「ふぁぃ……、お義兄様……きもち、いぃ……」

お義兄様に尻尾を撫でられると、気持ちよくリラックスできる。不安や緊張で憂鬱になっていた気持ちが、軽くなる。

「あまり緊張しなくていいよ。ルネ」

「でも、失礼なことがあったら心配です」

「ルナール修道院は、我が侯爵家の寄付で成り立っている。気にすることはないよ」

お義兄様は微笑み説明する。

「はわぁぁ……、きもちいい」

お義兄様に撫でられながら、私は考える。

（でも、王国の罪人を収容する目的の修道院なら、王国が管理費を払うべきじゃない？）

私は思う。生まれ変わってから、ルナール領の状況を客観的に見るようになって、私はガーランド王家に不信感を抱くようになった。

ルナール侯爵家は、『忠臣・名家』という肩書きと引き換えに、重い負担を強いられているのだ。

しかし、中央政界からは距離を置かれている。ルナール侯爵家は、古くからの約束で、王家に子女を嫁がせることができないため、外戚にもなれないからだ。

（もしかして、ガーランド王家はルナール侯爵家を警戒してたのかな？）

そう思わずにいられない。

本来なら、昔からの約束で私は王太子妃になれるはずがなかった。それなのに、王太子が払いきれなくなった税を持ち出して、約束を反故にした。

ルナール領は、貧しい領地でありながら、王都と同じ税率を課せられている。そのうえ、モンスターによる災害が続き、税を納めきれなくなっていたのだ。

（まずは、税金が納められる基盤を作らなくっちゃね）

私が考えていると、馬車は修道院前に着いた。

古くて大きな修道院である。ツタが絡まるレンガの壁。高い塔には鉄の柵が嵌(は)められた窓が見える。重罪人は塔へ監禁されるようだ。

ルナール修道院は、罪人が暮らすといっても安全だ。

そもそも罪人といっても、暴力的な凶悪犯はいない。政争に巻き込まれた貴族や、知識人が主だからだ。刑期を終えれば王都へ戻り、時流がかわれば政治の中央に返り咲くこともある。

そんな彼らは、労役といってもそれらしい仕事はない。聖典(せいてん)をはじめとする書籍を写すぐらいで、贅沢(ぜいたく)はできないが生活には困らない日々を過ごしている。

（いいわよね、私たち平民にしてみれば、働かないで衣食住が約束されるなんて、羨ましいかぎり

だもん。修道院の存在に不満もたまるわ）

　私たち平民であれば、軽い罪でもキツイお仕置きがある。ものを盗めば手を切られ、嘘をつけば舌を切られる。それなのに、修道院にいる貴族たちは、罪人なのに悠々自適に見えた。

（でも、貴族たちはルナール修道院に送られることを恐れていたっけ。そして、山流しにあい、王国に不満を感じていた貴族たちは、革命派に協力したのよね。しかも、修道院への恨みはそのまま侯爵家へ向けられ、侯爵家は正式な裁判も受けられず断罪されてしまった……。ルナール侯爵家は王家の命令で修道院を管理していただけなのに、理不尽だわ）

　過去を思い出しつつ、修道院を眺めていると修道院長が案内にやってきた。

　修道院長は、赤い髪の中年男だった。ここにくる前は、聖騎士だったそうで、今でも筋骨隆々として強そうだった。きっと、罪人を管轄するために武闘派の修道院長が派遣されるのだろう。

　修道院長は私を一睨みし、デレリと相好を崩した。

「こちらがライネケ様と、契約者のルネ様ですか？」

　修道院長の問いに、お義兄様は頷いた。

「実体化された精霊様を初めて拝見いたしました。ありがたいことです」

　修道院長の言葉に、ライネケ様は胸を張る。修道院長から金色の光が零れ、ライネケ様に吸い込まれていった。

「……それにルネ様。そのお年で精霊と契約されるとは、たぐいまれなる才能です。そんな方がご養女とは、ルナール侯爵家も安泰ですね」

お義兄様がなぜかドヤ顔をする。

修道院長は口元を手で覆うと、ヒッソリと独り言を呟いた。

「それに……き、キツネの耳が……愛らしい」

人には聞こえないほどの、小さなバリトンボイスを私の耳が拾った。どうやらこの人もモフモフ好きらしい。

私は、ニコリと笑ってみせる。

修道院長は、つられてニコリと微笑み返した。

お義兄様が咳払いをすると、修道院長は気まずそうに笑った。

「では、ご案内いたします」

そして案内された部屋では、眼鏡をかけた青年が、侯爵家の主治医トルソー先生と話をしていた。

青年は、高い身長に薄い体をしていて、頼りなさそうだ。緑の髪をポニーテールにしていた。シンプルだが上質なスーツの上に白衣を雑にはおっている。足首には罪人の印、鉄の足輪が嵌められていた。この男が王都から流されてきた医師なのだろう。

男は私を見ると、パァァァっと笑顔になった。そして、飛び上がるように駆け寄ってくる。

「はぁぁあん！　ケモ耳幼女!?　実在……してるんですね！　触りたいぃぃぃ!!」

私は驚いてお義兄様の背中に隠れた。尻尾は足のあいだにクルンと丸まり、耳はヘニャンと垂れてしまう。

ライネケ様は私の脇に立ち「ワン！」と吠えて威嚇する。

「無礼な！　何者だ」

お義兄様は、バッと剣を抜いた。

「ギヨタン先生、おやめください！」

トルソー先生が、青年を咄嗟に掴む。

ギヨタン先生と呼ばれた青年は、お義兄様に剣を向けられ、よろめき、尻餅をついた。そして、両手を上げて降伏の意を示す。

「もう、申し訳ございません。あまりに珍しくてつい……。伝説だけの存在だと思っていましたから……」

そう答えるギヨタン先生の顔は紅潮し、ハァハァと息も乱れている。剣を向けられているのに、その視線は私をジッと見据えている。

修道院長はあきれ顔で、ギヨタン先生を押さえ込む。

（この人……変態だわ……）

あまりの気持ち悪さに、私はお義兄様のジャケットをギュッと掴んで、プルプルと震えるしかない。

トルソー先生が私たちを紹介する。

「この方は、ルナール侯爵家ご令息リアム様と、養女のルネ様です。そして、ヘンナの新しい使い方を教えてくださったのも、このルネ様です。ルネ様は、大精霊ライネケ様の契約者です。失礼のないように」

修道院長は、威嚇するライネケ様にお辞儀をし、ギヨタン先生を立ち上がらせた。

ギヨタン先生は促されるように、自己紹介をする。

「私はヒューゴ・ギヨタンと申します。王都でしがない医師をやっていました。専門は製薬で、趣味で人が楽になる医療を研究しています」

私は、ギヨタン先生の名前を聞くなり、私の尻尾がブワリと膨らんだ。

（この人、私たちを殺した断頭台の発案者だわ!!　そのうえ、拘回虫症の薬を発明した医師！）

恐怖心と、期待がない交ぜになって、ガクガクと足が震えた。

お義兄様は剣をしまうと私を抱き上げた。

「大丈夫だ。私がいる。ルネを傷付けるものは許さない」

そう、耳元にそっと囁く。

今度は喜びで、さらにブワワと尻尾が膨らんで、耳がピョンとたってしまう。

「お義兄様……大好き……！」

私はお義兄様にギュッと抱きついた。

「私も好きだよ」

見つめ合い、微笑み合う。お義兄様の微笑みを見ると、心がホンワリと温かくなり、安心するのだ。

「そろそろ、ふたりきりの世界から帰ってきてもらってもよろしいでしょうか」

トルソー先生がコホンと咳払いをして、私たちを見た。

彼は、侯爵家の中での私たちを見慣れているので驚きはしないが、修道院長とギヨタン先生は、顔を赤らめ凝視していた。

（お義兄様の笑顔、素敵だものね～。レアな姿を見られてよかったわね）

なんだか私が嬉しくなる。素敵なお義兄様をたくさんの人に知ってほしい。

フンフンとご機嫌で尻尾を振ると、ギヨタン先生は瞳をハートにしてハワワと喜んだ。

「しかし、ケモ耳幼女でありながら、薬の新しい使い方まで考えられるとは……最高すぎるのでは⁉」

ギヨタン先生が興奮すると、お義兄様が睨む。

「ルネが怖がるようなら、話はできない」

お義兄様の厳しい声に、ギヨタン先生はシャキッと背を伸ばした。

「今後失礼のないようにいたします！」

そう答える。しかし、口元はデレデレとにやけている。

「ルネ……大丈夫？」

お義兄様が心配そうに尋ねる。

「大丈夫です」

私は笑顔で頷いた。

（だって、お義母様のために早く拘回虫症の薬を発明してもらわなきゃいけないもの。少しの気味悪さぐらい、我慢できるわ）

「しかし、この男は残酷な実験をしてここへ投獄されているのです」

修道院長はギヨタン先生を見た。

「いえ、それは、医学の進歩のため必要だったことです。しかし、誤解を招いてしまい……」

トルソー先生が取りなすように言う。

「馬鹿には言ってもわからない」

ギヨタン先生自身はそう言い放った。説明し、理解してもらうことを諦めた顔だった。

「拘回虫を取り出そうとしただけですよね」

私が問いかけると、トルソー先生とギヨタン先生は、バッとこちらを見た。

その目がキラキラと輝いていて、ギョッとする。

(なにそれこわい)

「さすがルネ様！」

ギヨタン先生が飛びかからん勢いで近づいてきた。

「ひぃっ！」

私が思わず悲鳴をあげると、お義兄様は私を抱いたままギヨタン先生へ背を向けた。

「そうなんです！　私は、拘回虫症の原因、拘回虫さえ取り出せれば病気が治ると仮説を立てたんです。それで、数人の死体を解剖し、虫のいる場所を突き止めました。次に、末期患者の体を開いて虫を取り出そうとしたのですが、なかなかそれが上手くいかず……。生きている体だと虫も生きていて、逃げ回るのです。しかも、肉に食い込むし。追いかけ、捕まえ、むりやり剝がそうとしているうちに病人が死んでしまうのです」

ギヨタン先生は気にせず、お義兄様の周りをクルクルと回りながら、解剖実験について早口で説明する。主人が帰ってきた大型犬のような喜び方だ。

（問題は話の内容が可愛くないことね。体に食い込んだ虫をむりやりって）

クルクル回るギヨタン先生を見ながら、その説明を聞いていると気持ちが悪くなってくる。

「うぇ……」

無惨に切り開かれる体と、虫が食い込む肉を想像し、思わず嘔吐く。

（そんな治療方法、絶対お養母様に受けさせられない！）

「……そうじゃなくて、体の中で虫を殺して、薬で虫を出すことってできないんですか？」

私はギヨタン先生に提案してみる。

この方法は、前世で彼が考案した治療方法だ。どうせ、ギヨタン先生が発明するなら、少しぐらいタイミングが早まっても問題はないだろう。

私の意見を聞き、ギヨタン先生はピタッと止まった。

「！　その発想はなかったです！　でもどうやって体の中の虫を殺したらよいのか……」

「虫が苦手な薬草はないんですか？」

私はヒントを出す。

「そういえば、ライネケ様に言われて、センチメンの花をお養母様の部屋に飾るようにしているんです。最近ではよく眠れるそうですよ」

前世では、ギヨタン先生はセンチメンの花にたどり着くまで長い年月を労したのだ。

「センチメンの花……」

ギヨタン先生はハッとした。

「そうか、センチメンはルナールの森に多く自生してる……。実験してみる価値が……」

ブツブツと言いながら、私を見た。

私はゾッとして先に断る。

「お養母様で実験はさせません！」

私の毅然とした態度に、ギヨタン先生はツッと視線を逸らし笑う。

「まさか、そんな、さすがに侯爵夫人で人体実験だなんて……ねぇ？　ほら、ここでも何人か拘回虫症の罪人はいますから……ねぇ？」

そう言って、修道院長を見た。

修道院長はため息をつく。

「本人の同意の上なら、新しい治療を試すことは問題ないでしょう。しかし、同意のない実験は許しません」

修道院長がキッパリと断じると、ギヨタン先生はニコニコと微笑んだ。

「そうでしょう、そうですとも！　本人の同意ね、そうそう、同意ね。今一番苦しんでるのは誰だっけ……。とりあえず、まずは花を飾って確認してみて……エーテルエキスを作ってみるか……」

ギヨタン先生は、フフフと笑いながら、この先の実験計画を考えているようだ。

（でも、これで薬の発見が早まってくれたらいいいな）

私は思わず微笑んだ。

すると、ギヨタン先生とバチリと目が合った。なぜか、ギヨタン先生は眩暈を感じたようにふらつく。

「ギヨタン先生、大丈夫ですか？」

「はぅ、私を心配してくださるだなんて……」

ギヨタン先生はシャツの胸元を握り絞めながら、キラキラした目で私を見た。

「ヘンナの新しい使い方を考えたというのは本当だったんですね。話を聞いたときは、眉唾だと思ってたんです。だから、本人に会ってこの目でたしかめたいと思っていました。今お話ししてみてわかりました。ルネ様は神様なのだと……！」

「違います！」

間髪を容れず否定する。

「だから言ったでしょう？　天才だと」

なぜか、トルソー先生がドヤ顔をした。

「天才でもありません！　ライネケ様の声が聞こえるだけです！」

私が否定すると、お義兄様がギュッと抱きしめてきた。

ライネケ様は私の足にスリスリとしている。

「さすが、ルネ。素晴らしい」

「だから……」

否定しようとした瞬間、お義兄様がキツネ耳のあいだに顔を埋め、グリグリと頬ずりをした。

（あああ、だめ。これ、幸せな気持ちになっちゃうからぁ！）

「……あう……、お義兄さまぁ……」

うっとりと目を細めると、お義兄様はヨシヨシと背中を撫でる。

そんな私たちの姿を、ふたりの医師と修道院長は、微笑んで見守っていた。

「そうです、ルネ様、聞いてください！　ルネ様のヘンナの使い方を聞いて、他の色が出せないか研究を始めたんです。もしかしたら、オレンジ以外の色も出せるかもしれません」

「他の色も出るようになったら、王都で流行るかも！　ルナールの特産になるかもしれないです！」

私が答えると、そこにいた全員が私を見た。

「……え？　あの？」

「さすがルネだ」

「本当にルネ様は慧眼をお持ちで」

お義兄様が呟き、トルソー先生が感心する。

「でも、ヘンナはバルの問題が解決するまでは特産品にはできないかな。髪が染められることがわかっては困るからね」

お義兄様の指摘に、私はショボンとする。

「あ……、そっか、そうよね」

「でも、アイデアは素晴らしいよ」

お義兄様が私の頭をヨシヨシと撫でた。

「ヘンナは難しいとしても、ほかの領地のようにルナールでも特産品が輸出できるようになれば、少しは暮らしが豊かになりますな」

修道院長が頷く。

「拘回虫症の薬をルナールの特産品にできるよう、ルネ様のために頑張ります！」

ギヨタン先生が鼻息荒く宣誓した。

その後、ギヨタン先生は精力的に薬の開発にいそしんだ。

私も修道院に通い手伝った。水魔法を使っての研究は不思議で興味深かった。

魔法が使えないなりに手伝っていると、ギヨタン先生もトルソー先生も面白がって医療について教えてくれた。私はそこでいろいろな薬の扱いや、毒について学ぶことができた。

前世ではアカデミーにも通うことができず、無知だった私は学ぶこと自体がとても楽しいのだ。


そうやって研究を重ね、ついに拘回虫症の治療薬ができあがった。

「まさか本当に、センチメンの花から薬ができるなんて思いもよりませんでした」

修道院長が呟く。

「蕾(つぼみ)から作ったエーテルエキスから、有効成分の結晶を取り出すことができるなんて、さすがです」

私がキラキラした目をギヨタン先生に向けると、ギヨタン先生は照れたようにはにかむ。

「ご褒美として、ルネ様のお尻尾をモフモフ……」

「ダメだ」

お義兄様がギヨタン先生の言葉を遮り、ライネケ様が私の前に出てギヨタン先生を威嚇する。

「尻尾はダメです。お義兄様だけ特別です」

私が答えると、恨めしそうな目でギヨタン先生がねだる。

「では、せめてお耳だけでも」

「耳だったらいいですよ」

私はそう笑って、ギヨタン先生に頭を突き出した。

お義兄様もライネケ様も、しかめっ面をしているが、前世では十年以上かかった研究を一年かからず成功させたのだ。

（ギヨタン先生は罪人だし、表だった報償はあげられないから、これくらい許してあげなきゃ）

私はそう思った。

ギヨタン先生は、大きくため息をつきながら、私の耳をモフモフする。

「はぁぁぁ、幸せ。大きなお耳……、頑張ってきた甲斐があった……」

ギヨタン先生がまったりと私の耳を堪能する。

「それで、この薬の使い方は？」

お義兄様は不機嫌に尋ねる。

「この薬を飲むと拘回虫を体内で麻痺させることができるんです。虫を麻痺させた状態で、下剤を飲むと排出することができます」

ギヨタン先生が説明する。ようは虫下しだ。

「安全性は？」

「修道院内の回虫症患者に使いました。山流しにされたショックで、発症する人が多いですからね。全員、健康を取り戻しました」

ギヨタン先生の答えに、修道院長も同意するように頷く。

「すごい薬です。修道院の中も明るくなりました」

「そうか、よくやった。だが、そろそろルネから離れてもらいたい」

お義兄様はそう言いつつ、ギヨタン先生の手を私の耳から引き離した。

ギヨタン先生は名残惜しそうに自分の指先を見つめ、そして匂いを嗅いだ。

（さすがにそれはやめてほしい……）

ギヨタン先生は指先をスハスハ吸いながら、お義兄様に頼む。

「それで、修道院外の人にも薬を使ってみてほしいのです。トルソー先生に頼めますか？」

お義兄様は無言で頷く。

「修道院で病気の治療ができたらいいのに……」

私は思わず呟いた。

「私もそう思います。そうすれば、技術も衰えないですし、データもたくさん集まりますしね」

ギヨタン先生も同意する。

それを聞いたお義兄様と修道院長は頷き合う。

「そうだね。ギヨタンには無意味な労役をさせるより、技術を生かしてもらったほうがいい。ルナール領の医療技術は遅れているからね」

「私もそう思います。医療の技術がある罪人には、労役中はルナール領民の治療に当たらせたらどうでしょうか」

ふたりはお養父様に交渉し、修道院内でギヨタン先生が領民の治療をすることができるようにしてくれた。

そうして、拘回虫症の治験は順調に進み出した。

修道院での診察は労役のため基本無料で受けられる。薬代は徴収するが、開発中の薬を希望すれば、薬代も無料にした。製薬も修道院の労役とした。

私とお義兄様は、時間があるときに修道院の治療所に顔を出すことにした。領民たちが罪人に治療されることを怖がったため、安心させるためだ。

お義兄様が診療所にいるだけで、大人たちは安心できるようだった。

私は怖がる子供の手を握り勇気づける。

治療を頑張った子供に体をすり寄せ、慰めてあげるのはライネケ様だ。ライネケ様は領地の子供に優しい。

最初は警戒していた領民たちだったが、私たちの努力が実を結び、だんだんと信用を得ることができた。無料で王都と同等の医療が受けられるとあって、しだいに利用者が増え、医療を学びたい人も見学にやってくるようになった。

「修道院では役にも立たない労役で時間を奪われ、無意味だと感じていましたが、治療ができるのは楽しいものです」

　ギヨタン先生は満足げだ。

「だったら、ほかの人たちの労役も、得意分野を生かしたルナール領への奉仕活動にしてもらったらたらどうでしょう？」

　私は提案する。医師のほかにも、技術者や芸術をたしなむ貴族などもいるのだ。

「たしかに、それはいいですね」

　修道院長も頷く。

　ライネケ様は私の足の周りをクルリと回る。賛成の意味だ。

「よい案だとは思いますが、少し問題があるんですよね」

　ギヨタン先生が難しい顔をした。

「なんですか？」

　私は尋ねる。

「物不足です。刺繍が得意な婦人も、絵画が得意な方もいますが、糸も絵の具も足りません。ルナール領への道は険しくて、馬車道がありません。荷物は馬や牛の背に載せるか、人が背負うしかないのです。しかも、モンスターや山賊からの被害もあります」

　ギヨタン先生の言葉に私はハッとした。

　そんな不便さを解決するために、前世ではルナール領への馬車道を作ってほしいと王太子にねだった。私を溺愛していた王太子は、周囲の反対に耳を貸さずに、ルナール領への道作りを強行した。

聖なる山を切り崩し、神聖な場所にまでトンネルを掘ったことで、モンスターを刺激し、多くの被害を出した。そんな多くの犠牲の上で作られた広い道は、ゆくゆく革命軍がルナールに攻め入る入り口となったのだ。

（だから、今ある山道を広げるのはよくないわ。でも、交通の便が悪いのは困る。ほかに物資を運ぶ方法はあったかしら）

そう思って私は前世での知識を思い出した。

（そうだ！　運河よ‼　ルナール川がある！　しかも、今ここには、将来、運河を作る建築家が山流しにあっているはず！）

「そういえば、修道院に建築家の罪人はいませんか？」

私はグッと拳（こぶし）を握りしめた。

「まさか、山道を広げようとされるのですか？」

修道院長が怪訝（けげん）な顔で尋ねる。

「いえ、ルナール川を運河にしたいです！」

私の言葉に、お義兄様とギヨタン先生、修道院長が目を見開いた。

〈ほう、それはよい案だ〉

ライネケ様がクゥンと鼻を鳴らし、顎下を足に擦りつけてくる。

（ライネケ様に賛成してもらえると自信が持てる！）

お義兄様は私を抱きしめた。

「ルナールに運河か！　そうすれば、一度にたくさんの荷物を運べるようになる。ルナールからも多くの品物を売りに出すことができる」

お義兄様の言葉に、修道院長が頷いた。

「それに情報も早く伝わるようになるでしょう。情報、そして知識は力です」

ギヨタン先生はそう言うと、ニヤリと笑った。

「ここに今、テオ・ランバートという方はいらっしゃいませんか？」

私が尋ねると、修道院長は驚いたように私を見た。

「なぜ、その名を……」

「大精霊ライネケ様のお告げです」

私は両手を組み合わせて、神妙な顔をした。

〈まったく……、お前はキツネ並みに悪賢いな〉

ライネケ様が苦笑いをしている。

私はそれを褒め言葉として受け取った。

「たしかに、その名の罪人はおります。しかし、あの者は収賄の罪で収容されています。建築に関わらせたら、また同じことしかねません」

修道院長は困ったように答える。

「その者に会うようにと、ライネケ様のお言葉です」

私の厳(おごそ)かな様子に、修道院長は居住まいを正した。

ライネケ様のお言葉は万能らしい。

「では、すぐに連れてきます」

そして、修道院長に連れられてきたのは、茶色い髪の青年だった。二十歳くらいだろうか。猫背で、そばかす顔の青年は、オドオドとしている。

「僕がテオ・ランバートです」

テオはペコリとお辞儀をし、消え入りそうな声で名乗った。ずっと地面を見ていて、目を合わせようとしない。

「テオ先生、ルナールに力を貸してください」

私が頼むと、テオ先生は一歩後ずさり、ブンブンと頭を振った。

「先生だなんてっ……。……僕なんかダメです。貴族に賄賂を贈った能なしです……」

「それは冤罪ですよね?」

私が確認すると、テオ先生はサッと顔を青ざめさせた。

「な、なぜ、それを……? どうして……?」

「そうなのですか?」

修道院長に尋ねられ、テオ先生は深く俯き手を振って、さらに一歩後ろにさがった。

「いえ、ち、違います! 僕が、ひとりで勝手にしました!」

「運河建設が難航し、結果中止案が浮かんだとき、貴族に贈賄をおこなった。しかし、収賄が明みに出て、責任を誰かが取る必要があった。だから、身分が低く年若いあなたが代わりに罪を被ったのですよね？」

「ち、ち、ちがいますっ！」

私が問うと、テオ先生はブンブンと両手を振って否定した。

修道院長とお義兄様は私をいぶかしげに見た。

（しまった、八歳児らしくないかもしれない。ええい、ここまで来たらお告げふうで乗り切るしかない！）

私はキツネの耳をピクピクと動かしてみせる。

女優モードになり、まるで聖職者ような雰囲気で話す。

「おかしいですね？　考えたのも実行したのも別の人だと、ライネケ様は告げられたのに……」

嘘である。これは私の前世の記憶だ。

「ライネケ様が嘘をおっしゃるというのですか？」

修道院長がテオ先生を睨む。

テオ先生は体を小さくし、震えながら恐る恐る顔を上げる。初めて私と目が合った。すると、彼は驚いたように目を見開き、慌てて目を逸らした。

「キツネの……耳と尻尾……」

「私は大精霊ライネケ様の契約者です」

私はドヤ顔で胸を張った。内心は気まずい思いでドキドキとしているが、おくびにも出さないよう演じる。

ライネケ様も私の横で胸を張り、ドヤ顔をして、鼻を鳴らした。

するとテオ先生は床に膝をつき、頭を深く垂れた。

「お許しください……、お許しください……、王国を欺くつもりはなかったのです。ただ、あの方が罰を受けると、今まで積み上げてきた研究結果や技術が無になってしまうから……」

「たしかに、国の東西を挟む海を繋げようとするアイデアは素晴らしかった。でも、実現は難しかったようだね。完成の目処も立たず、工事中の事故も多発。予算は大幅に超え……。支援者たちからも中止の声があがっていた」

お義兄様が言う。

「でも、あと少し、もう少し、時間とお金があったら、絶対に成功させました……！　途中で終わらせるべきではなかった……」

テオ先生が切なそうに呟く。

「だから、賄賂を贈ってまで工事を続行しようとした」

お義兄様の呟きに、テオ先生が俯き唇を噛む。

テオ先生はその贈収賄の犯人の代わりに、自ら捕まったのだ。

前世でテオ先生の冤罪が明らかになったのは、前建築ギルド長が亡くなり懺悔の手紙が見つかったからだった。

そうして、テオ先生は山流しにあってから十年後、建築士として返り咲き、ガーランド王国の国家事業として大運河を建築するのだ。

私は、テオ先生の前に膝をつき手を取った。

「建築ギルドの未来のために自らを犠牲にするなんて！　テオ先生はなんて崇高な方なのでしょう。だからこそ、ライネケ様は『テオの研究がルナールに来たことで中断せぬよう力を貸せ』とおっしゃったのだわ！」

（本当はライネケ様のお告げじゃないけど、そう言えばみんな信じるわよね？）

私はドキドキしながらも、心の声はおくびに出さず言った。

〈お前のそういうあくどいところは嫌いじゃないぞ〉

ライネケ様は含み笑いで言った。

言い訳をしようとライネケ様の横にかがみ込む。すると、ライネケ様は、私の頭を鼻先で撫でた。

フワリと前髪が揺れる。

〈よい、よい。領地のためにつく嘘なら、なにを言ってもかまわない。ただし、私欲に走った場合は、わかっているな？〉

ライネケ様は低い声で私に釘を刺した。

私はゴクリと唾を呑み、無言で頷いた。

テオ先生は感無量といった様子で私を見た。

「ライネケ様が……そんな尊い言葉を……」

「はい。誰かを裏切り罪を暴けというのではありません。真実はいつか明らかになるでしょう。そのときまで、ここで研究を続けませんか？」

私が言うと、テオ先生は周囲を見回した。

修道院長は難しい顔をして、お義兄様を見た。

お義兄様は不機嫌そうに私を見る。

「本来なら裁判をやり直し――」

「っ！　困ります！　やめてください、お願いします！」

お義兄様の正論に、テオ先生は泣き声で頭を下げる。

私はお義兄様に駆け寄って、その手を取った。そして、小首をかしげ上目遣いで尋ねる。

「お義兄様、ダメ？　テオ先生は真実が明らかになることを望んでいないみたいだけど……」

「でも、彼の汚名を雪ぐべきだ」

「いいんです！　僕は、いいから！　僕のことは、本当に！　このことがバレたなら、僕は死んでお詫びしないと！」

テオ先生は必死だ。

「お義兄様、今、裁判をやり直しても、テオ先生は自分がやったと言い張っちゃうよ？」

私が取りなすと、お義兄様はため息をついてテオ先生を見た。

テオ先生はブルブルと震えている。

「しかたがないな……」

「だから、違う形でテオ先生の汚名を返上したらどうかな？　テオ先生の知識を借りて、ルナール川の治水をするんです。それが成功すれば、テオ先生の実力も認められます。それに、領地ももっと豊かになると思うんです。そして、大運河の実験として、ルナールに運河を造れたら研究にもなって、素敵ですよね」

お義兄様は私を抱き上げた。

「ルネは本当に賢いね」

お義兄様は私のキツネ耳に頬を寄せる。

私は嬉しくて、尻尾をブンブン振ってしまう。

「でも、まずは、この春決壊したグピ川の修復のほうを先にするべきだろうね」

お義兄様の言葉に、私はハッとした。

ルナール川の上流にある支流グピ川は暴れ川として有名で、ときおり川筋が変わってしまう。その影響を受け、ルナール川も洪水を起こすのだ。

（たしかに、グピ川の治水工事をしなくちゃ、ルナール川に運河なんて造れないわね。さすがお義兄様、視野が広いわ。私もこんなふうになりたい）

私は憧れの目をお義兄様に向けた。

「テオ・ランバート、お前に協力してほしい。手始めに、グピ川上流の治水工事を頼みたい。そののち、運河建設に進めたらと考えている」

お義兄様が私を抱いたまま、テオ先生に言った。

「っ！　はいっ‼」

テオ先生は潤んだ目で顔を上げ、嬉しそうに頷いた。

そうして、お義兄様はお養父様にグピ川の治水とルナール運河建設の許可を得た。お養父様はそのアイデアに深く感心し、優先的に予算を組んでくれることになった。

今日は、お養父様とお義兄様、そしてバルとライネケ様と一緒にグピ川の治水工事現場にやってきた。お養父様は川の護岸にテントを張り、工事の様子を眺めやすいようにしてくれた。テントの中で設計計画書を眺めながら、治水工事を見学する。

グピ川は険しい山肌を削りながら下ってくる急流河川だ。山の麓へたどり着くと川の流れが徐々に弱まるため、いつもは水量がとても少なく、川筋が定まっていない。ただし、一度、大水が起きると、平坦地（へいたん）でグピ川が洪水を起こすのだ。

昨年の春にはその氾濫にモンスターの襲撃が重なって大きな被害を出し、私の家族も犠牲になった。

河原では、ルナール領の領民と、修道院の罪人たちが一緒になって働いている。

今は水の少ない時期なので、危険はない。

ライネケ様はのんびりと私の足もとに寝そべった。私はライネケ様をモフモフしながら、お養父様とお義兄様の話を聞いていた。

ライネケ様は精霊の威厳などかなぐり捨てたように、へそ天でされるがままになっている。

「たしかに、グピ川とルナール川の合流地点でたびたび決壊が起こるのが悩みの種だったが、このような形で解決できるとは」

「もともとルナール川の岸壁にあった大岩にグピ川の流れをぶつけるとは考えもしませんでした」

お養父様とお義兄様が、テオ先生の計画書を読み、唸る。

「ねぇ、あれはなにしてるの？」

バルが指さす先では、水かさが増えたら川の底になりそうな河原の中央で、土魔法を使える罪人たちが、テオ先生の指揮の下、石を魔法で積み上げる。

「あれで水の勢いをそぐらしい」

お養父様が答える。

「じゃ、あれは？」

バルは、河原の際で三角錐になるような丸太を組んでいる領民を指さした。

「堤防に打ちつける川の水を、あれでいったん受け止めて水流を弱めるらしいの。聖牛というんだって」

私が説明する。聖牛は、葛の葉様が教えてくれた治水方法を私がテオ先生に伝え、作られたものだ。

「いろいろな方法があるんだね」

私たちは感心していた。

水がなくなった川底では、領民たちが大きなたき火を焚いている。近くでは火属性を扱える罪人が、魔法の呪文を詠唱し火の勢いを上げていた。

ルナール領では、王都のように多くの爆薬が使えない。爆薬の所持を厳しく管理されているからだ。代わりになる方法はないかと、テオ先生が頭を悩ませていところ、ライネケ様が古来からの知恵を授けたのだった。『熱した石を水で急激に冷ますと割れ目が入る』と私が伝え、テオ先生が実践しているのである。

「それにしても、ルナール領はついていたな」

お養父様が工事の様子を眩しげに眺めながら呟いた。

お義兄様が頷く。

「正直、罪人を収監する修道院はルナール領の財政を圧迫するだけだと思っていたが、こんなふうに利用すればよかったのだな」

「ルネが気づいてくれたおかげです」

お義兄様は私を見て微笑み、頭を撫でた。

私は嬉しくなる。

「工事に、魔法が扱える者をこれほどの数集めるとなったら、莫大な資金が必要ですからね。だから、王都で企画されたテオ先生の運河工事もうまくいかなかったのでしょう」

お義兄様の言葉に、お養父様も同意する。

「魔法はアカデミーを卒業したものでなければ扱えないからな。それに、アカデミーの卒業生は身分が高く、王国の要職に就くことが多い。工事現場などで平民と混ざって働くことは嫌がるから、大きな対価が必要だ」

「その点、ルナール領は幸運でした。修道院のおかげで、魔法を扱える者が暇を持て余していましたし、彼らに労役として工事現場で働くことを科すことができました」

お義兄様の答えに、お養父様は満足したように頷いた。

「リアムとルネのおかげだ」

いつもは無表情で寡黙なお養父様がそう微笑み、私とお義兄様はビックリする。

〈我が輩にも感謝すべきでは？〉

ライネケ様が不満そうに尻尾で私の足を叩いたので、慌ててライネケ様を抱き上げる。

「すべてはライネケ様のおかげです！」

私がライネケ様を抱き上げ、気持ちを代弁すると、お養父様は深く頷いた。

「ライネケ様の神殿にはお礼をしなければいけないな」

ライネケ様はその言葉を聞くと、満足げに頷いた。私はホッとして、ライネケ様を地面に下ろした。

しばらくすると、テオ先生がテントに現れた。

挨拶をするテオ先生に、お養父様がねぎらいの声をかける。

「よくやっているな。テオ・ランバード。お前の才能は素晴らしい。困ったことがあったらなんでも相談するように」

お養父様の言葉にテオ先生は恐縮している。

「これもルネ様のおかげです」

「たしかにアイデアを出したのは、私だけど、設計図を書いたのはテオ先生だもん。私のぼんやりとしていた想像を形にしたテオ先生がすごいんだよ！」

私が心から感心して言うと、テオ先生はブンブンと頭を振った。

「でも、僕だけでは実現できませんでした。どんな設計図を描いたとしても、できると信じてくれる人がいなければ無理なんです。大きな材木も僕を信じて使わせてくれて……。本当に、本当に、ありがとうございます……！」

テオ先生は万感極まり泣いてしまった。

グジグジと涙するテオ先生の足をライネケ様が踏みつけた。

「ライネケ様！」

私が窘めると、テオ先生は涙を引っ込め、微笑んだ。

「もちろん、ライネケ様にも感謝しております」

テオ先生は涙を拭き礼を言うと、ライネケ様は満足げに鼻を鳴らした。

「さて、今から岩を割るのですが、ご覧になりませんか？　もしかしたら、面白いものが見つかるかもしれません」

テオ先生に誘われて、私たちは河原へと下りていった。

河原では大きな岩に魔法陣を描き、その上でたき火をしていた。

「ライネケ様のお言葉どおり、岩を焼き冷やしたらうまくいくようになりました。あの魔法陣は、火力を増し熱の伝導を効率化させるものです」

岩の近くに待機していた罪人が大きく手を振り上げた。すると、川の水が大きな塊となり宙に浮かぶ。水の塊を囲うように魔法陣が空に描かれると、詠唱とともにたき火に勢いよく降り注いだ。

ジュウと大きな音とともに、白い蒸気が立ちこめる、ワッと歓声が響く。

私は驚いてキツネの耳を押さえた。ライネケ様の耳もビクリと下がった。

お義兄様は、後ろから私を抱き上げる。バルも驚いたようで、お義兄様の後ろに回り、ジャケットの裾をつかみながら恐る恐る様子を窺って(うかが)いる。

真っ白な湯気がだんだん消えていくと、そこには黒々とした岩が顔を出した。まだ熱そうなその岩に、さらに川の水をかける。だんだんと岩にヒビが入ってくる。岩が冷えたところで、領民たちがヒビに楔(くさび)を打ち、鉄梃(かなてこ)を入れ割れ目を広げる。

「上手に割れるかな？」

尋ねると、テオ先生が頷いた。

「割れろー!!」

バルが大声で声援を送ると、かけ声とともに岩が割れた。

「成功だ！」

「大成功だ!!」

修道院の罪人も、ルナール領の領民も手を取り合って喜んでいる。

最初は、平民と交わり汚れ仕事をすることを嫌がる罪人もいた。領民のほうも罪人と関わることに嫌悪感を示していた。

しかし、嫌々ながらも労役として努めていくうちに、やりがいを見いだす罪人も現れた。また、領民も、汚れ仕事に向き合う罪人たちを知り偏見を捨て、敬意を示すようになった。

そして、今では一緒に喜び合えるまでになっている。

私はそれを見て嬉しくなる。

「素晴らしい景色だね」

お義兄様が目を細めた。バルもライネケ様も頷く。

「みんなの仲が良いのは見ていて気持ちいいな！」

バルが満面の笑みを見せる。

テオ先生は割れた岩の中をのぞき込んでいる。なにかを探しているようだ。

「あ、ありました！」

テオ先生はそう喜ぶと、砕かれた石の中からくすんだ透明の石を拾い上げた。

「ルネ様に差し上げます」

照れた様子で、その石を私の手のひらに置いた。

ピクリとお義兄様の眉が動く。ライネケ様は首を伸ばして私の手の中をのぞき込んだ。

〈これは……魔鉱石（まこうせき）の原石だな〉

ライネケ様が呟く。

「魔鉱石の原石？」

私は初めて見る魔鉱石の原石に目をしばたたかせた。前世で魔鉱石を見たことはあった。しかし、それらは加工済みの魔鉱石で美しく磨き上げられていたために、これが同じ物だとは思わなかったのだ。

私の呟きを聞き、お義兄様とテオ先生がバッと私の手のひらを見た。

「これが魔鉱石の原石？」

お義兄様が驚く。

「似ているとは思っていましたが、ルナール川で採れるとは知りませんでした」

テオ先生もマジマジと観察する。

「実は、大きな岩を割っているとごくたまに同じような物が見つかることがあるんです。それで、ルネ様に差し上げようと思っていたんです」

「今後は石捨て場を確認したほうがいいな」

お義兄様が言うと、テオ先生は困った顔をした。

「でも、そんな余裕は今はなく……」

「だったら、石捨て場を解放して、見つけた人から侯爵家が買いつけたらどうですか？　宝探しみたいで子供にもできると思います」

私は提案してみる。運河の工事は手伝えない力の弱い女性や子供でも、石を探すことはできるだろう。

〈よい案だな〉

ライネケ様が私にすり寄る。すると、お義兄様は私を抱き上げた。

「ルネは本当に賢いね。ルネの言うとおりにしよう！」

即断するお義兄様を見て、私への評価が甘すぎではないかと心配になる。

しかし、お養父様も同意し、石捨て場を解放してくれることになった。

私たちは、定期的にルナール川の工事現場に足を運んだ。お義兄様は魔法陣を描く手伝いなどをする。私とバルは小さな子供たちと一緒に魔鉱石の原石を探して遊んだ。

そうやって、領地の人々と一緒に汗をかき、絆を深めた。領民たちと直接交わることで、いろいろなことを教えてもらえるようになった。

森にいる動物や虫、モンスターのこと。食べられる植物のこと。私は前世よりもっとルナール領に詳しくなり、もっともっと領地が好きになった。

四章　王太子の訪問

　そうこうして、雪解けの季節がやってきた。ルナール領全体は雪が積もることは多くない。しかし、聖なる山には雪が深く降り積もる。聖なる山に水源を持つグピ川では、山頂に降り積もった雪が溶け川に同流すると水量が増え、氾濫する年もある。そのため、その周辺は使えない土地となっている。

　そして、去年からはモンスターの数が増大し、グピ川にとどまらずルナール川本流まで被害が膨らんでいた。

　私とバルはルナール城の側防塔から、双眼鏡を使いルナール軍とモンスターたちの戦いを眺めている。雪交じりのまだ風はとても冷たい。

　今回のモンスター討伐はいつもより力が入っていた。これがお義兄様の初陣となるからだ。

　お養父様が陣頭指揮を執る。

「お義兄様ははじめて討伐に出ることになって、家宝のエクリプスの剣を受け継いだんだって」

　銀色に輝く剣身に、ダイアモンドのついた柄の美しいレイピアだ。

「いいよな、エクリプスの剣。上手く使いこなせれば、精霊と契約していなくても魔法が使えるんだろ？」

「うん、精霊が作った魔剣っていわれているみたいだね。強力な魔法が宿っているから、マナのコントロールができないと鞘から抜けないんだって」

「リアムはすごい……格好いいなぁ」

バルはキラキラした目で、戦いを見ている。

バルはあれから、お義兄様と一緒に武術も学問も習っているのだ。彼は、なんでもそつなくこなすお義兄様のことを、本当の兄のように慕い憧れているようだった。

「オレもあんなふうになれるかな」

脳天気なバルの横で、私はハラハラと見守っている。

「初陣なんてまだ早いよ……。アカデミーを卒業してからでも遅くないのに……」

「でも、それだけ新しい堤防を守りたいんだよ」

「そもそも、なんで、雪解け水とともにモンスターが下ってくるようになったのかしら……」

私は思う
「わかんない。討伐軍を作っても、発生源がわからずに後手後手になってしまうって、リアムが悩んでた。発生源がわかれば、増える前に討伐できるのにって」

バルがルナール軍の戦いを見ながら、眉を顰める。

「あああっ！　逃げて！　逃げてー!!　お義兄様!!」

私は叫び声をあげた。

「堤防が崩れちゃうっ！」

お養父様の指揮の下、モンスター討伐軍が撤退していく。間一髪のところで退避し、討伐軍は無事だった。お義兄様の無事を確認し、私はホッとする。

同時に、ガッカリもする。テオ先生が主導となって建設したばかりの堤防が、モンスターによって一部を壊されてしまったのだ。

「せっかくテオ先生の力を借りたのに。魔法陣だって組み込んで……。新しく作ったセンチメンの畑も流されてしまった……」

お養父様が治水事業に多くの予算を回してくれたが、そもそもルナール領にはお金がない。修道院にいる魔法を使える罪人たちに協力をしてもらっているが、もう一度やり直すと思うと気が遠くなる。

私は、泥まみれになりながら戦うお義兄様を見て情けなくなる。

「私……見てるだけで、なんにもできない。ルナール侯爵家に恩返ししたいのに」

「……オレもだ」

悔しくて呟いた私に、バルも頷いた。

「オレ、どうしたら力になれるんだろう」

バルは呟き、ギュッと拳を握りしめた。

◆　◆　◆　◆

私は、ライネケ様の神殿でため息をついた。

今回の氾濫で領地はまたも泥水に浸かり、多くの畑が潰れてしまった。たくさんの家がなくなり、新たな孤児も生まれた。

そんな生活に困っている人々を、ライネケ様の神殿で保護している。

お養父様とお義兄様は領地の復興で忙しいので、私とバルでなにかできないかと考えたのだ。

今はお養母様や、修道院の人たちも手伝ってくれている。

「それにしても、こんな芋が食べられるようになるなんて……」

葛の葉様から、ルナールの森で自生する不思議な芋の食べ方を教わったのだ。

「コンニャクだっけ？　でも、味がいまいちなんだよな～」

バルはぼやく。

私とバルは話をしながら、コンニャク芋の処理をしていた。

水を張ったたらいの中で、芋を擦りおろしているのだ。手袋をして擦らないと、かゆくなる。

手間はかかるが、不思議な食感の食べ物ができあがる。今まで食べられないと思っていたものが食料になり助かっているのだ。

「葛の葉様が教えてくれた醤油（しょうゆ）っていうソースと、味噌（みそ）を仕込んでいるからそれに期待しましょう」

「葛の葉様は大豆ばっかり勧めてくるよな」

「備蓄庫にたくさん保存されててよかったわ」

葛の葉様に教えてもらう食べ物は不思議なものばかりだ。

修道院の人たちは、葛の葉様から教えてもらった豆腐（とうふ）というものを大豆で作っている。大豆はルナールの痩せた土地でもよく実るため、備蓄品として備えられていた。私は、貝殻を焼いた粉末を水に溶かし、よく練ったコンニャク芋に入れた。

「ここから一気にかき混ぜないと！」

私の声に、バルは慌ててかき混ぜていく。そして、分離したコンニャクを練り合わせていく。

「そろそろいいかな。あとは少し待って茹(ゆ)でればできあがり！」

「よくこんな面倒な食べ方をするよな。葛の葉様がどこの精霊なのか知らないけど、そこの人たちは変わっているな」

「そうね、豆腐も味噌も醤油もそうとう面倒よね……」

「それに比べてダーキニー様のカレーは手早い」

ダーキニー様はカレーというスープを教えてくれたのだ。

薬倉庫にあった薬草の粉などをたっぷり使って作る香り高いスープだ。薬効成分も高く、体はポカポカに温まる。

味の薄い豆腐を入れても美味しく食べられるので人気だ。

「ライネケ様の教えてくれたカエルも、カレーなら美味しい」

「カエルやカタツムリを昔は食べてたなんて知らなかった」

キツネの精霊たちに新しい食べ物を教えてもらいながら、なんとか生活を立て直している。被災したばかりのころは、無気力だった人々も、やることができたことで活気が戻ってきた。

子供たちもカエルやカタツムリを捕まえたりと、手伝える仕事があることが嬉(うれ)しいようだった。

私とバルはそんな人々を見ながら、少しだけホッとした。

そんな苦しい生活の中、王都から王太子ヘズル一行が、モンスターによる災害の救援物資を携えやってきた。

細い山道を支援物資を持ってやってきてくれたのはありがたいが、王太子を受け入れる余裕などない。当然、お養父様は落ち着くまで待ってほしいと断ったのだが、ごり押しされたのだ。

「少し考えれば、迷惑だとわかりそうなものなのに」

お義兄様は、侯爵家へ向かうヘズル殿下一行の姿を屋敷の窓から確認すると憤った。

長い列はそれだけ随行者が多いと言うことだ。

ヘズル殿下が滞在するとなれば、宿泊先は当然ルナール侯爵の屋敷になる。ルナール領の町には王族一行を受け入れられるような宿はないからだ。

新しく寝具などの調度品を用意し、食事もそれなりの物を用意しなければならない。随行者の分も必要だ。

もともと貧しい領地なのだ。平時に王族を迎えることすら苦しいのに、今は災害時だ。ヘズル殿下さえ来なければ、領民に配ることができた食料があると思うと口惜しい。

「きっと、リアムの初陣に張り合って、初公務をさせることにしたのだろう。壊滅的な領地を支援する慈悲深い治政者というイメージを確立するにはうってつけだろうからな」

お養父様はため息をついた。

「それに……、感づかれたのかもしれないな」

お養父様は険しい顔をバルに向けた。

「ルナール川の工事、バルドルが生きているかもしれないこと……必要以上に多くの随行者を連れてきているのは、牽制の意味もあるのだろう。ある意味、堤防が崩れ運河工事が始まっていなかったのは不幸中の幸いだな」

バルがビクリと身を縮こまらせた。

「……オレ、やっぱり……」

私は慌ててバルのシャツをつかんだ。

「出て行くなんて言わないよね？」

必死な顔で引き留める。

バルが今ここで出て行ったら、前世のように革命軍を率い、ルナール領を制圧するかもしれない。

バルの身の振り方によっては、ルナール領だけでなく王国の未来も変わってくるのだ。

逆にいえば、バルは私にとって希望の光でもあった。バルとルナール侯爵家の関係が悪くならなければ、最悪の場合でもあんなに悲惨な断罪は起こらないはずだ。

(絶対に引き留めないと!!)

私は思う。

「……でも……、ここにいたら迷惑かけるし……」

バルが泣き出しそうな顔をする。

私はバッお養父様を見た。

「バルを追い出したりしないですよね？」

お養父様は考え込んでいる。

私はお義兄様を見た。

お義兄様も黙ったままだ。

ライネケ様は不愉快そうに鼻にしわを寄せている。

「だったら……！　だったら、私、バルと一緒に行く!!」

私の叫びに、皆が一斉に声をあげた。

「馬鹿なことを！」とお養父様が叫び、お義兄様は必死な形相で「ルネ！」と名を呼ぶ。

「なに、言ってるんだよ！　お前!!」

バルは慌て、ライネケ様は「ワン!!」と吠えた。

「だって！　だって!!　バルは希望の『光』だから！」

私の言葉に、お養父様とお義兄様は驚き、ヒュッと息を呑んだ。

ライネケ様は満足げに頷いた。

バルは意味がわからないと言うように小首をかしげた。

「ルネ、ライネケ様からルナールの秘密を告げられたのか」

真剣なまなざしをお養父様から向けられ、私はライネケ様を見る。

（そんなお告げは受けてないけど……なにか深い意味があるのかしら？）

ライネケ様はフルフルと頭を振った。教えてくれるつもりはないらしい。

しかたがないので、私も頭を振って否定する。

「そうじゃないです。でも、だって、そう思うから……」

前世の事情は話せない。うまく説明できなくて、言葉を濁すと、お義兄様が私を抱き上げた。

「ルネ、言葉には気をつけなくてはいけないよ。『光』は王家の血統を表す。ルナールがバルを『光』と呼ぶこと……。その意味はわかるかい？」

優しく諭され、私はサアッと顔を青ざめさせた。

聞く人が聞けば、ルナール侯爵家がバルを王族の血統と認め、後ろ盾につくという意味になる。場合によっては謀反（むほん）の疑いをかけられるのだ。

「そんな意味じゃなくてっ！」

お義兄様はニッコリと微笑んだ。

「うん、わかっているよ」

そしてお養父様に視線を向けた。

「ルネが出て行くのは困ります」

「ああ、そうだな。だから、バル。君も出て行くことなど考えるな」

お義兄様の言葉にお養父様が即答する。

ライネケ様は満足げに頷いた。

「でも!!」

バルが抗議するように顔を上げた。

「ルナール侯爵家で遠縁の子供を預かっていることは、周知の事実だ。いま、君を追い出したら、君が王族の血を引く子供だとかえって疑われるだろう。逆に目立ってしまう」

　お養父様の言い分に、バルは唇を噛んだ。

　そんなバルの頭をお義兄様はポンポンと叩く。

「気がつかれやしないよ。髪の色がまるっきり違うんだ。それに、この髪染めの方法はまだ王都の人々には知られていないからね」

「そうかな……？　大丈夫かな？　オレのせいで誰かが傷つくのはもう嫌だよ」

　自分のことより周囲を気にするバルの言葉に、私は胸が詰まる思いだ。

（災害時を顧みないでルナールに来るヘズル殿下より、バルのほうがよっぽど上に立つ者に向いているのに……）

　そう思わずにいられない。

「この色眼鏡をつけ、できるだけ顔を合わさないようにすればよいだろう。あまり屋敷内を歩き回らないようにな」

　お養父様はそう言うと、色眼鏡をバルに手渡した。最初からバルを追い出す気などなく、守る準備をしていたのだ。

「不便をかける」

　お養父様の言葉に、バルはブンブンと頭を振った。

「そんなことないです！　オレ、いつもすっごく感謝してます。今だって、いっぱい迷惑かけてるのに、オレを殺せば簡単なのに！」

バルが言うと、お義兄様がバルをコツンと小突く。ライネケ様もバルの足を踏んだ。

「そんなことをするように見える？」

お義兄様の言葉にバルは涙ぐみ、さらに激しく頭を振り否定する。

「そうじゃないけど、だけど……」

その声は涙声だ。

「ありが……とう……」

肩をふるわせ泣くバルに、ライネケ様は体を擦りつけヨシヨシと慰めた。


そうこうしているうちに、王太子ヘズルがルナール侯爵家に到着した。

ヘズル殿下はお義兄様と同じ十三歳だ。色白で背が小さく体も細い。気が強く神経質そうな風貌をしていた。濁った金色の髪に、茶色い瞳は蛇のように細い。バルと比べてみると、その黄金の輝きは精彩を欠いて見えた。

光の精霊王と契約した初代国王は、目映（まばゆ）い黄金の瞳と髪の持ち主だったといわれている。しかし、現在の王族たちは、お世辞にも眩（まぶ）しいとは思えない。

一番豪華な客間を用意したが、ヘズル殿下は文句ばかり言っていると使用人たちが困っていた。険しい山道で馬を扱いきれず、輿（こし）に乗ってきたそうだが、腰を痛めてベッドに横たわりわがまま放題だという。

救援物資の半分は金貨だったとお義兄様は残念がっていた。

物がないのだ。お金がいくらあったところで、今はなんの役にも立たない。復興がおちついてから使わせてもらうことにした。

私たちは、残り半分の物資をもって、ライネケ様の神殿へ炊き出しへ向かった。神殿で領民たちに配るのだ。

領民たちと手分けして荷ほどきをする。すると同時に、領民たちから不満が噴出した。

「なんだこれは！　腐ってる!!」

「こっちもだ！　痛んでる！」

「どういうつもりでこんなゴミを押しつけたんだ！」

憤る領民たち。それはしかたがない状況だった。

私も荷物を開けながら、落胆してため息をつく。

「ほとんど使い物にならない……」

小麦や塩、役に立つ物ももちろんあった。しかし、救援物資に入っていた青果物はすでに痛んでいた。

「ルナールでは果物が多く採れるのに、王都へ出荷できない理由を知らなかったのか」

お義兄様が呟く。

「どういうこと？」

バルが不思議そうに尋ねる。

「ルナールから王都までの道は、馬車が使えない山道だ。牛や馬の温かい背に乗せて揺られてくるから、生の野菜などは特に傷みが進んでしまうんだよ」

お義兄様の説明に、バルは感心する。

「知らなかった。そうなんだ」

私が尋ねると、お義兄様は頷く。

「あ！　だからセンチメンの花も生花のまま出荷できなくて、ルナールで加工するしかないの？」

「おかげで、薬の製造を独占できるのは助かるけれどね」

私たちの話しをする横で、領民たちがさらに不満の声をあげる。

「救援物資はヘズル殿下が選んだとおっしゃっていたが、どういうつもりなんだ」

「まさか、ルナール領を苦しめるために、わざとこんな物を選んだのか⁉」

ザワつく領民たちに、お義兄様は眉を顰めた。

「口を慎みなさい」

静かに窘めると、領民たちはハッとして口元を押さえる。こんなことを聞かれたら叛逆を疑われてしまうと気づいたのだ。

「ヘズル殿下があえてルナールを苦しめるようなことをなさる理由はない。その証拠に、今の時期、ルナールでは採れない果物を選んで入れてくださっています。きっと、事情を知らなかっただけなのです。お気持ちはありがたくいただきましょう」

お義兄様が凛とした声で告げると、領民たちはしぶしぶと荷ほどきに戻る。

使える物と使えないものを分別し、使える物は配布する。分別してみるとやはり、ルナールでは珍しい果物が多く入れられているのがわかった。

中でも珍しかったのはバナナだ。庶民は見たこともない果物だが、ヘズル殿下の好物である。しかし、皮を剝いてみると黒くなり傷みかけていた。

「うえー……、なんだよ、これぇ」

バルが顔をしかめた。

「こんな色だけど、火を通せばまだ食べられるよ」

私は答える。前世で、バナナのケーキを食べたことがあったからだ。王宮で出されていたのは新鮮な物だったかもしれないが、傷んだところをとればまだ使えそうだ。

「ほんとかよ」

バルは信じられないと言わんばかりだ。

「修道院に持っていってケーキにしてもらってくる！　そうすれば小麦だけのケーキよりかさが増えるでしょ？」

私が提案すると、子供たちがワッと盛り上がる。

「ケーキ！」

「僕たちも運ぶの手伝う！」

「私、皮むくの手伝うよ！」

子供たちの明るい声のおかげで、暗くなっていた神殿の空気が変わる。

「不平ばかり言っていてもしかたがないな。ルネ様を見習わないと」

「そうだな。ある物を工夫して使うしかないよな」

「物資がないよりはましなんだ」

「わざとじゃないならしかたがないさ」

　領民たちが少しずつ顔を上げ始めた。

　お義兄様がホッとした顔で、私に微笑みかけた。

「ルネ、ありがとう」

　私はうれしくなり、尻尾もブンブンと揺れる。

　私は子供たちと一緒に、修道院に向かった。お義兄様たちは、一度に配りきれない分の食べ物を侯爵家の氷室へと運んでいった。

　氷室とは、雪や氷の入った貯蔵庫で、普通の倉庫に比べて低い温度で保管することができるのだ。


　ヘズル殿下がルナール領へ来て、一週間ほどたった。

　ヘズル殿下は災害支援という名目でやってきたにもかかわらず、侯爵家の客間に引きこもっていた。腰痛が酷いというのと、寒いというのが理由だった。

　おかげで私とバルはヘズル殿下に顔を合わせることもなく、安心して過ごしていた。ずっと出てこなければいいのに、と思ったのは秘密である。

　そのあいだに、ヘズル殿下の随行者について、領民の不満が積もり始めていた。王国の正式な護衛以外に、山を越えるために雇った傭兵（ようへい）や運搬業者たち随行者が町で暴れることが度々あったからだ。早く王都へ帰ってほしい……誰も口には出せないがそう思い始めていた。

今日は修道院前で、私たちは恒例の炊き出しを行っていた。今日のメニューは豆のカレーと、バナナのケーキだ。

そこへヘズル殿下と侍従が現れた。煌（きら）びやかに着飾っていて、この場にはそぐわないと誰もが感じた。

少し離れた場所には帽子を目深にかぶった護衛が、陰に潜むようにして立っている。一見すると町人のような服装だが、ライネケ様の耳がなかったら気がつけないほどの気配のなさからただ者ではないことが知れた。

（秘密の護衛なのかな？）

私がバルにこっそり帽子の護衛の存在を教えると、バルも慌ててフードをかぶり後ろのほうに隠れる。

「なんだ。この列は。炊き出しの列？　本当に大丈夫なのか？　食える物なのか？」

ヘズル殿下は失礼な言葉を連ねると、侍従がヒソヒソと耳打ちをする。

すると、ヘズル殿下はあからさまに嫌な顔をしてため息をついた。

「肉じゃないんだろ？　どうせ不味（まず）いに決まってる。災害時だから？　牛肉がないなら豚肉を使えばいいだろ？　頭が悪いな。罪人が作った物なんか、汚い。だから俺は来たくなかったんだ。父上が言うから、しかたなく……」

不満をたらたらと零している。
（肉がふんだんに使えないのは、モンスターに食べられてしまったからよ。そもそもルナールでは、たくさんの牛や豚は飼えないのに。平地が少なく、人間が食べる穀物を育てるのに精一杯で、羊や鶏はともかく、豚の餌までまかなえないわ。馬や牛は運搬や農作業に使うから、食べられないし。少し考えればわかりそうなことなのに……）

思っても反論はできない。

領民たちは冷たい目でヘズル殿下を見つめている。

冷ややかな風が吹き、ヘズル殿下はブルリと震えた。周囲の険悪な雰囲気に気がついたのだろう。ゴホンと咳払いをして、偉そうに胸を反らす。

「まぁ、でも、一口ぐらいは食ってやってもいい」

お義兄様は無表情だ。こんなとき、ルナール侯爵家の無表情の躾けが役に立っている。どんなに腹が立とうとも感情を表に出さないのだ。

修道院長が炊き出しの鍋の中身を掬い、ヘズル殿下の侍従にお椀を手渡した。侍従は恐る恐るお椀に口をつける。

「っ！　うま！」

侍従は思わず漏らし、慌てて口をつぐんだ。そして、取り繕ったように伝える。

「毒はありませんでした」

「ふーん……」

ヘズル殿下は、『うまい』と言いかけた侍従を見て安心したかのようにお椀を受け取った。そして、クンクンと匂いを嗅ぐ。

「嗅いだことがない変な匂いだな」

顔をしかめて、お椀に口を寄せる。その様子が領民の気持ちを逆なでする。

一口すすり、ヘズル殿下は顔を上げた。そして、一気にかき込むとペロリと平らげ、無言でお椀を突き出した。

「ん！」

あまりに幼稚な仕草に、修道院長が眉を顰めた。しかし、刃向かうこともできず、お椀におかわりを入れる。

ヘズル殿下はガツガツと食べた。侍従はオロオロと見守っているだけで窘めることもしない。周囲の領民たちはあきれて物も言えない。そもそも炊き出しは被災者の物だ。みんな譲り合って食べている。それなのに、飢えてもいない王太子が何杯も食べるべきではない。

ヘズル殿下は結局五杯もおかわりし、満足げにゲップをした。

「まぁ、まぁまぁだな。うん。ここのシェフは誰だ？　まさか罪人じゃないだろう。王宮へ連れて帰ってやるぞ。こんな田舎にはもったいない」

ヘズル殿下の言葉に、修道院長は俯いたまま答える。怒りをこらえているのか、肩が震えている。

「いえ、この修道院に収監されている者たちで作りました」

「ははん。まぁ、誰にでも間違いはあるさ。よし、俺が父上に頼んで刑期を短くしてやろう！」

ヘズル殿下が言うと、侍従があわてて殿下に耳打ちする。

するとヘズル殿下はチッと舌打ちすると、「うるさいな」と吐き捨てた。

私はげんなりとする。お義兄様は無表情だったが、バルは怒りで気が立っているようだった。

このままではいけないと、私はバルを連れて修道院の裏で、バナナケーキを配ることにした。

腹持ちをよくするために、ドングリの粉も小麦に混ぜてある。バナナのおかげで砂糖の量が減らせるのは助かった。

行儀よく並ぶ列に、バナナケーキを配っていると、ヘズル殿下の侍従が進言する声が聞こえてきた。

「殿下。そろそろ、侯爵家へお戻りください」

「いや、こっちでバナナケーキを配ってると聞いたぞ！　ケーキを食べるんだ！」

「それは被災者の食べ物です！　我々が食べてはいけません」

「なにを言う。さっきのカレーとかいう豆スープ、おまえだって旨いと思っただろ。絶対ケーキだって旨いはずだ！　しかもバナナだ！　バナナは俺が持ってきてやったんだ。食べる権利がある‼　俺が持ってこなければ、こんな田舎じゃ一生食べられずに終わってたはずだ。それに、王族が平民なんかと一緒に食ってやるんだ。みんなありがたがるに違いない！」

言い争いながら、修道院の脇から現れたヘズル殿下を見て、領民たちはサッと遠巻きになった。

帽子の護衛は、相変わらず物陰に隠れこちらを見ていた。

それを見たヘズル殿下は満足げに鼻から息を吐き出す。

「ほら、見ろ！　みんな、俺のために道を空けたぞ！」

得意げに私の前にやってくる。

そして、トレーの上に並べられていたバナナケーキを両手でひとつずつ掴んだ。

一度に二個もとってしまう姿に、近くにいた子供が「あぁー……」と泣き出しそうな声をあげた。

「殿下！　そのようなマナーは！」

侍従がとがめる。

「うるさいな。王宮じゃないんだ、いいだろ？」

ヘズル殿下が答えたとき、その左手をバルが掴んだ。

「おい、やめろよ。みっともないぞ」

バルが色眼鏡の奥から、ヘズル殿下を睨みあげる。堪忍袋の緒が切れたのだ。

「ああ？　おまえ、俺を誰だと思ってるんだ？　王太子だぞ！」

「子供だって順番を守ってひとつずつって我慢してるんだ。王太子ならそれくらい我慢しろよ」

バルはひるまず続けた。

私はハラハラとしてライネケ様を見た。ライネケ様はバルと一緒になって、ヘズル殿下を威嚇している。

「平民のガキが一個なら、王太子の俺は十個以上食べて当然だろう？　そんな簡単な計算もできないのか？　これだから平民はしかたがないな……」

馬鹿めと言わんばかりのヘズル殿下の態度に、領民たちが怒りの目を向ける。バルは診療所や開削工事の手伝いなどで、領民たちからかわいがられるようになっていたのだ。

不穏な空気の中、侍従が困ったようにヘズル殿下に耳打ちをする。

「はぁん。おまえが、ルナール侯爵家に引き取られた遠縁の子供か。惨めな被災者には寛大な心で接するよう父上から命じられているから我慢していたが、貴族なら別だ」

ヘズル殿下はそう言うと、バルに命じた。

「フードを取れよ。不敬だぞ。それとも取れない理由があるのか？」

ヘズルの言葉に、バルはギクリと体をこわばらせた。

私は冷たい気配に気がつき、修道院の陰に目をやる。すると、帽子の護衛が、険しい視線をバルに向けていた。

（なんだろう……。あの視線、ヘズル殿下を守るというより、バルを見定めているみたい……）

バルはオズオズとフードをとった。フードの中から現れたのは、黄金とはいえないオレンジ色の髪だ。

その髪色を確認したからか、帽子の護衛の視線が弱くなる。

「おい、金色じゃないぞ」

ヘズル殿下はつまらなさそうに侍従へ言った。

「でも、まぁ、一応色つき眼鏡を取らせてみるか」

ヘズル殿下はそう言うと、バルの眼鏡に手を伸ばした。

「っ！　やめ」

バルが抵抗しようとした瞬間、私はバルとヘズル殿下のあいだに割り込んだ。背中にバルを隠すと、勢いで私のフードが外れてしまった。白銀のキツネ耳があらわになる。

「おやめください、ヘズル殿下。この者は目が弱く、太陽の光を浴びると失明してしまうのです」

そう嘘をつき、ヘズル殿下を見る。

すると、ヘズル殿下は息を呑み、目を丸くして私を見た。紅潮した頬、鼻の穴は大きく広がって、フーフーと息が漏れている。

「スカートに尻尾がついていると思っていたが、頭に耳も⁉　飾りじゃなかったのか！」

ヘズル殿下は目を潤ませる。なぜか嬉しそうに口元がほころんでいる。

（え？　なに、こわい）

「このキツネみたいな耳は本物か？　こっちの尻尾は⁉」

ヘズル殿下は、いきなり手を伸ばしキツネ耳を引っ張った。

「やん！　痛い‼　やめて‼」

抵抗すると、ヘズル殿下はギンギンと目を光らせた。

「本物だ……。半人半獣なんて、初めて見た……」

ライネケ様はワンワンとヘズル殿下に吠えかかる。

バルも私を守ろうと前に出た。しかし、ここでバルがトラブルを起こすのは困る。

あの護衛にバルの目の色を知られたくなかった。

「バル！　お義兄様を呼んできて！」

私が叫ぶと、バルはハッとして頷き、駆け出した。

「おい！　これを買って帰るぞ！」

ヘズル殿下は大きな声で、私を指さした。

もう、ヘズル殿下はバルのことをすっかり忘れてしまったらしい。

「ルネ様になんてことを」

「いくら救援物資を運んできてくれたからって」

「子供でも許せねぇ」

力自慢の男たちが、私を守るべく前に出た。

「やめて！」

私は彼らをなだめる。

一触即発(いっしょくそくはつ)の雰囲気に、侍従が慌てた。

「っ！　殿下！　人を物扱いしてはなりません」

侍従が咎(とが)めるが、ヘズル殿下は鼻で笑った。

「人？　人じゃないだろ？　これは獣(けもの)だ！　キツネなら人に狩られて当然だ！」

その瞬間、ライネケ様が咆哮(ほうこう)し、巨大化した。

ヘズル殿下と侍従は腰を抜かして、地面に尻餅をつきライネケ様を見上げた。

「っは⁉」

ドシンとヘズル殿下の横に、前足を置く。

侍従は震えながら、ヘズル殿下を抱きかかえかばった。

こんな状態になっても、帽子の護衛はヘズル殿下を守りには来ない。

(あの男は、護衛ではないということなの？)

そこへ、お義兄様とバルが現れ、私の前に出た。険悪なオーラがふたりから立ち上がっている。

修道院長とギヨタン先生、それにテオ先生も駆けつけてくれ、みんなで私を守るように壁になってくれた。

お義兄様が不穏な空気を醸し出しながらも、無表情のままヘズル殿下の侍従に尋ねる。

「どうかなさいましたか？」

お義兄様の言葉に、侍従はヨロヨロとしながらヘズル殿下を立ち上がらせた。

ライネケ様はその鼻先をヘズル殿下に寄せ、歯を剝き出してみせる。

「っひっ!!」

ヘズル殿下はブルブルと震え、侍従にすがりついた。

「と、突然、獣が大きくなり……」

侍従はしどろもどろに答える。

「以前ご説明したはずです。我が領には『大精霊ライネケ様』がおられると。そして、大精霊の契約者である義妹に、害なす者には牙を剝くかもしれませんとも」

お義兄様は無表情のまま、ヘズル殿下に目を向けた。

この国にとって精霊は偉大な存在だ。精霊には人間界の身分など関係がない。王家も光の精霊王の契約者だった過去の栄光があるからこそ、王家でいられる。

いくら王族といえども、精霊からの罰が下されたと見なされたら、不名誉な存在として系図から名前を抹消されてしまう。

「ただの脅しかと思っていたのにまさか本当に……。……大精霊ライネケだと？　王家の始祖に関わる精霊の名前じゃないか……」

ヘズル殿下はうわごとのように呟き頭を抱える。ヘズル殿下から金色の光が零れ、ライネケ様へ吸い込まれていく。恐怖の念が信仰に結びつき、ライネケ様の力となっているのだ。

「恐れ多くも、大精霊ライネケ様の名を呼び捨てにするとは……」

お義兄様はライネケ様を見上げる。

ライネケ様は頷くとあんぐりと口を開いてみせる。白銀の毛皮からは想像できないほどの赤い口内である。人間などひと呑みにしてしまいそうだ。

ヘズル殿下は慌てて頭を振った。

「違う！　そうじゃない！　だって、知らなかったんだ！　俺は知らなかっただけで‼」

ヘズル殿下が言い訳をすると、ライネケ様は開いた口をさらにヘズルに近寄せた。

「っひぃ！」

ヘズル殿下はブルブルと震える。そして半泣きになりながら、消え入りそうな声で許しを請うた。

「ごめん……。ごめんなさい……」

侍従は地面に這(は)いつくばり、許しを請うた。彼からも黄金の光が零れて見える。

「大精霊ライネケ様、どうぞお許しください。私どもがいたらなかったためでございます。幼い光にはなんの罪もございません。なにとぞ、灯火を絶やさぬよう。なにとぞ、なにとぞ……」

懇願する姿が哀れみを誘うが、ライネケ様はいまだ怒っている。

私は巨大化したライネケ様をヨシヨシと撫でた。

「どうぞお怒りをお納めください」

私が宥めると、ライネケ様はケッと悪態をつく。

〈ごめんなさいなどという謝り方があるか。もう十三だぞ。きちんと躾けろ〉

ごもっともなご意見に、私は苦笑いをした。

「ライネケ様よりお言葉です。『謝罪の仕方を習っていないのか』とのことです」

私が言うと、侍従はヘズル殿下をきちんと立たせ、強引に頭を押さえつけた。そして耳元にささやく。

「殿下。『申し訳ございません』です」

侍従の言葉を、ヘズル殿下は震えながら復唱する。

「申し訳……ございません……」

唇を噛み、目尻には涙を浮かべている。

侍従はさらに深く頭を下げた。

「このような事態を事前に止められなかったこと。すべては私の力不足でございます。深く、深く、お詫び申し上げます」

侍従は真摯に謝罪した。ここへ至るまでの数々の無礼に、責任を感じているのだろう。

私はまたライネケ様を宥めるために、ワシャワシャと撫でた。

〈ルネの取りなしもあるし、多くの力をもらったからな。今回は大目に見てやるか〉

ライネケ様は大きく息を吐くと、口を閉じた。

それを見て、侍従はヨロヨロとその場に座り込んだ。

「……お許し……いただけた……?」

「そのようです」

私が答えると、侍従は涙を流して礼を言った。

ヘズル殿下は呆然とその場に立ちすくんでいた。帽子の護衛は、最後まで陰の中にたたずんで、ヘズル殿下を助けようとはしなかった。

(なんだったんだろう……あの人)

私は疑問に思いつつ、消えていく影を見送った。

子供たちは巨大化したライネケ様に集まってくる。

「うわー！　ライネケ様が大きくなった！」

「ライネケ様、こんなに大きくなれるんだね！」

子供たちが叫ぶ。尊敬のまなざしとともに、金の光がライネケ様に集まってくる。

ライネケ様は得意げに笑った。


翌日の昼である。

お養父様が沈鬱な表情で私の部屋にやってきた。

お義兄様は険悪な顔をしている。

「王太子殿下と一緒に夕食をとることになになった」

「そうですか。いままで嫌がっていたのによかったですね」

私は答える。

「……」

「……」

「……」

沈黙が続いてハッとする。

「もしかして、私も出席するんですか⁉」

尋ねると、お養父様は無言で頷いた。

私は、金魚のように口をパクパクとさせた。

「っ！　えっ！　いやっ、あの、……なんで？」

まったく意味がわからない。

気位の高いヘズル殿下だ。元孤児の私と夕食などしたくないと思っていた。

前世で出会ったときは、私は侯爵家の娘として紹介されていたために、食事をともにした。しかし、今世では私が孤児だったことは公になっている。

「昨日、私を獣って呼んだのに……一緒に食事？」

思わず零すと、お養父様のこめかみに怒りの筋が浮き出た。

（お養父様、表情が隠しきれていませんよ）

「どうしても会わせてほしいと……。再度、直接謝罪がしたいと……。そう言われたら断れない」

お養父様は苦虫を嚙みつぶしたような顔をする。

「でも、だって、私は平民で、孤児で、キツネ耳が生えてるって……説明しました？」

「すべて説明した。しかし、諦めてくださらない。お前と会うまで、王都には帰らないとごねていらっしゃる」

開いた口がふさがらない。

「うわー……。やばー……。あんな醜態さらしたのに……やばー……」

バルが代わりに、驚きの声をあげる。

「やっぱり私は反対です。ルネを『買う』と言ったそうですよ、あの馬鹿は」

（お義兄様、王太子に向かって馬鹿とか言っちゃってるし）

「馬鹿などと言えば、不敬に当たる。まだ見識が浅く、年の割に幼いようではあるが」

お養父様も無表情のまま、辛辣な言葉を吐いた。

「だからこそ、早めに追い出したいとも思うのだ。いつまでも居座られ、国王が出てきたら面倒なことになる。本当に申し訳ない。少しだけ、顔を出してはもらえないか」

お養父様の言葉に私は頭を抱えた。しかし、断れる状況ではない。王太子の命令なのだ。

「……わかりました……」

死んだ魚のような目で、私は答えた。

そして、晩餐会(ばんさんかい)である。

私はお養父様に抱かれて、晩餐会に向かっている。お養父様の後ろをライネケ様がついてくる。

美しい紫色のロングドレスは、ルナール侯爵家らしい装いだ。銀のレースが月光のように輝いている。

あまりに綺麗(きれい)に飾り立てられ、私は不安に駆られていた。

(お養父様は私を売り渡すつもりじゃないかしら? 早く帰ってほしいって言っていたし……。それが一番手っ取り早いもの)

暗い顔で俯く。

「似合っているよ、ルネ」

お義兄様が甘い声で褒めてくれる。

嬉しくてピコピコと耳が動く。尻尾もユラユラ揺れてしまう。

「ありがとう。お義兄様。お義兄様も素敵」

お義兄様も私とおそろいの生地のスーツに身を包んでいる。

お養母様は私とお義兄様を見てご機嫌だ。

「やっぱり、可愛いわ。ふたりが並ぶと、とっても素敵。あつらえておいてよかったわ」

お養母様が用意してくれた物だと聞き、少しホッとした。

バルは部屋に残されている。

しかたがない。万が一にも、異母弟だとバレてしまったら大問題だからだ。

死んだはずの婚外子が生きていることを王妃が知ったら、また、暗殺者を仕向けるだろう。

それに、秘密で育てていたのがルナール侯爵家だとわかったら、王妃とのあいだに確執が生まれる。

お養父様は、いずれバルと国王を合わせたいと考えていると言っていたが、今はまだその時期ではないのだ。

晩餐会が始まった。

私はお義兄様の膝の上にいる。その足もとに、ライネケ様が寝転んでいる。

王太子が来るというのに、マナーもへったくれもない状況である。

遅れてやってきたヘズル殿下は、その状況を見て怒ることなく、パァッと表情を明るくした。

「おい！　女！　会いたかったぞ！」

「おかけになってください。王太子殿下」

お養父様がいつもどおりの無表情で言葉を遮る。

国王の忠臣であるルナール侯爵の威厳の前に、ヘズル殿下はオズオズと従った。

侍従も侯爵相手ではなにも口出しはできない。

「復興中ということもあって充分なおもてなしもできませんが、どうぞお召し上がりください」

そうお養父様が言い、食事がはじまる。

前菜はヘズル殿下の苦手なキノコのスープである。

私は前世で王太子妃だったので、彼の好き嫌いは熟知していた。

（お養父様はそれを知っていてこの料理を選んだのかしら？）

私は不思議に思う。

「お養父様、このキノコのスープ、美味しいですね」

私が言うと、お養父様は満足げに笑った。

「さすが、ルネはよくわかっている。これは珍しいキノコで、訓練した特殊なイノシシでないと探せないのだ。王太子殿下も、ぜひ、ご笑味ください」

圧のある笑顔でそう薦められ、ヘズル殿下はウウと唸る。

そうして、あからさまに嫌々ながらキノコのスープを口に運んだ。しかし、一口含むとパッと表情を和らげた。

「ルナール領の食事は旨いな！」

苦手だったはずのキノコ料理を美味しそうに食する。

そう言って笑う姿は年相応の男の子だ。炊き出しのカレースープもガツガツと食べていた。前世では食が細かったはずなのだが、不思議に思う。

私もスープを口にして、ふと気がついた。牧畜が少ないルナール領では、野菜くずでスープをとる。温かいスープの中に、キノコの柔らかな香りが立っていた。

（ああ、王宮の食事は冷たかったんだ……）

ダイニングから離れた厨房で作られた食事は、長い廊下を通って運ばれる。毒味係を経て、王族の口に入るころにはすっかり冷め切っていて、香りも食感も落ちてしまっている。

（だから、冷たいままでも美味しいものをヘズル殿下は好んだのね）

そう思うと少しだけヘズル殿下が気の毒にも思えた。

喜んで質素なスープを飲んでいるヘズル殿下を、少しいじらしいと感じて思わず眺めた。すると、ヘズル殿下と目が合った。

「そ、そんなことよりも、そのキツネ女に挨拶をさせろ！」

ヘズル殿下は思い出したかのように要求した。

その無礼な言葉に、お養母様が表面だけにこやかに微笑んで言う。

「王太子殿下の教育係はいったいなにをしていたのでしょう？　昨日ライネケ様のお叱りを受けたばかりだと聞きましたが、淑女に対してその言葉使いとは。王妃殿下も心を痛めておいででしょうね」

ヒョウ、と冷たい風が吹いた。

ヘズル殿下はグッと唇を噛む。

侍従は恥じ入るように俯いた。

「……そこにおいでの美しい令嬢は、ルナール侯爵家のご息女だと聞いている。名前を伺ってもよろしいか」

ヘズル殿下は絞り出すようにそう言って、お養父様を見た。

お養父様は鷹揚に頷いた。

「この子は、ルネ・ルナール。我が侯爵家の養女です。平民で孤児だった子供です。失礼は大目に見ていただきたくぞんじます」

「ああ、わかった。失礼は大目に見てやるから、ルネ、俺の物になれ」

いきなりの言い草に、お養母様がフォークを落とす。

まったく前世と同じセリフに、私は驚き、耳を倒してお義兄様にギュッとすがりついた。

「王太子殿下、ご冗談がすぎます。ルネは我が侯爵家の娘、物のように扱われては困ります」

お義兄様がギロリと睨む。どす黒いオーラが背中に漂っている。

ヒュッと王太子が息を呑んだ。

「あ、いや、言い方が、悪かった。ほら、でも、こんなに美しいご令嬢だ。こんな田舎でくすぶっているのはもったいない。平民出身で、獣の耳があるんだ。どうせまともな結婚などできないだろう。だったら、俺の後宮にくれれば贅沢な暮らしができるぞ！」

ヘズル殿下は悪気ない様子で嬉々として提案する。

「そもそも、ルナール侯爵家からは王妃を取らない約束になっているからな。側妃くらいなら父上もお許しになるだろう。側妃でもその辺の貴族の妾になるよりはずっといい」

しかし、言葉を重ねれば重ねるほど、部屋の空気は険悪になる。

「ルネを妾だなんて……」

お養母様は顔を真っ青にして今にも倒れそうだ。

「だって、それはそうだろう？　卑しい身分で貴族の本妻など、烏滸がましいというものだ」

ヘズル殿下が同意を求めるように笑ったが、部屋の中はシーンと静まりかえっている。

侍従は身の置き場がないかのように身を縮こまらせて震えるばかりだ。

そこでようやくヘズル殿下は失言に気がついた。

「あ、いや、悪い意味では……」

ハハハとごまかし笑いをしながら、周りを見渡す。

きっとヘズル殿下は『光栄です』と返事が来ると思っていたのだろう。他の貴族であれば、王太子の側妃の話を断ったりはしないからだ。

しかし相手が悪かった。

「王太子殿下、ルネはまだ八歳です」

お義兄様はギロリとヘズル殿下を睨む。

「子供のうちに後宮へ入れ、自分好みの女に育てることはよくあるだろう？　素材がいいんだ。さぞやいい女になるだろう。楽しみじゃないか」

ヘズル殿下がニヤニヤとした目で私を見た。ゾワリと鳥肌が立つ。

「……思いもしませんでしたが、たしかに前例は多い……」

お養父様が呟く。

（お養父様、納得しちゃった。やっぱり私を売り渡す気なのかしら……。王家の約束といったって、前世では反故にされているもの）

私はブルブルと震える。

「正妃も決まっていないのに、側妃なんて……」

お義母様が呆れたように呟く。

「正妃は名家のきちんとした令嬢を迎えなければならないからな」

ヘズル殿下はあっけらかんと笑った。

「しかし、王妃殿下は側妃の存在をお許しにならないでしょう」

お義母様が指摘する。嫉妬深い王妃は、側妃の存在を許さなかった。国王は、王妃に隠れて下女に手を出したが、妊娠した下女はことごとく王妃に殺されたと聞く。

（そう、それでバルのお母さんは妊娠に気がついてすぐ、王都から逃げ出したのよね。前世で『子を守る母の鑑』と褒めそやされていたわ）

バルに思いをはせた。

ヘズル殿下は思案顔になる。

「……たしかに、そうだな。なら、王太子妃ならいいのか？　耳を切れば王太子妃にしてやるぞ？」

私はブンブンと頭を振った。

ぜったい避けなければいけない未来。それは、王太子妃になることだ。

「いや……、絶対イヤ……」

小さく呟く。

お義兄様は私をギュッと抱きしめた。

「王太子殿下、我が国の歴史をきちんと勉強しておられますか？」

お義兄様が冷たい目でヘズル殿下を見た。

「なっ！　馬鹿にするな！　俺は歴代まれに見る天才だと王宮ではいわれているんだぞ‼」

お義父様とお義兄様は顔を見合わせた。

お義母様は侍従に目を向ける。

侍従は首まで赤くして顔を上げない。

ライネケ様は鼻先で小さく笑った。

「そうですか。では、ごぞんじのはずです。ルナール侯爵家が王妃を出さない理由を。王家に選ばれないのではなく、我が侯爵家が辞退しているのです」

お義父様に言われ、ヘズル殿下はヘラリと笑った。

「だったら、変えればいいではないか」

そう、このセリフも前世と同じだ。そうして実際、ヘズル殿下は昔からの約束を破棄したのだ。

「どうせ、光と闇の関係だろう？　光と闇が混じると、光の力が弱まるとか？　その話自体おとぎ話のようなものではないか。もう、それらの精霊と契約している者もいない」

「殿下、その話は禁忌（きんき）です」

お義父様がヘズル殿下を窘める。

「いいじゃないか、ここにいるのは禁忌の秘密を知っている俺たちだけだ」

軽率な言い草に、お義兄様はため息をついた。

理由を聞き、私は驚いた。

前世の私は、ルナール侯爵家が闇の精霊王と関係があるとは知らなかった。もちろん、ルナール侯爵家が王家と結婚しない理由も知らなかった。ただ、約束とだけ聞いていたのだ。

養女には話せないほどの密約だったはずだ。

「どうせ、今後も出ないだろう。それに、その娘にはルナール侯爵家の血は入っていない」

お養父様は無表情だ。

そう、私はルナール侯爵家の血筋ではない。理論上、王太子の子供を産んでも、光と闇が交わることはない。問題ないのだ。

「しかし――」

お義兄様は反論しようとして、言葉を探しあぐねている。

お養父様は黙ったままだ。

「わかった、わかった。それでも足りないなら、ルナール領地の税を減らしてやる。貧しくて困っているのだろう？　モンスターによる災害もあったしな。血の繋がらない娘をひとり差し出せば、領民全員が助かるんだぞ？　領主ならどうすべきかわかるだろ」

前世とまったく同じ交渉に、私はゾワゾワとした。お腹の下がキュウと締め付けられるように痛くなる。目の前が暗くなった。

（もうダメだ。前世では、この交渉でお養父様は首を縦に振ったんだもの……。キツネの耳があるのに、ヘズル殿下がこんなに執着するなんて思わなかったわ……）

たしかにモンスターによる災害は大きな痛手だ。それに、王家に逆らってまで、孤児だった私を守る義理はない。

私は助けを求めて、お義兄様を見た。

「ルネは嫁にやりません」

お義兄様がキッパリと答えた。

ヘズル殿下が鼻で笑う。

「リアムはシスコンなんだな。妹なんて、いずれは誰かのもとへ嫁ぐもんだぞ」

すると、お義兄様が答える。

「いずれにせよ、ルネが嫌がるところに嫁がせたりはしません」

「ルネが嫌でなければいいんだな?」

なぜか自信満々なヘズル殿下に、私はゾッとする。

「どうだ、ルネ。俺のところへこないか?」

「嫌です」

「だが、断ると後悔するぞ? 王都には珍しい物も美味しいものもある」

「嫌です」

「今着ているドレスより、もっと美しいドレスを仕立ててやる。ジュエリーもだ。お前の瞳のような紫ダイアモンドも取り寄せよう」

「嫌です」

そうやって前世のヘズル殿下は私に貢ぎ、国を傾かせ、国民からひんしゅくを買ったのだ。

(同じ間違いは犯さない! 絶対に王太子妃にはなりたくない!)

「城もひとつ作ってやろう。俺たちの愛の巣だ」

私は即答した。

「絶対に嫌です。私はどこにも行きたくありません！」

するとヘズル殿下はうっとりと目を細める。

私は怖くてお義兄様に尻尾を絡ませた。

「そう、それだ。はっきり俺に否（いな）と言う。そんな女はお前しかいない」

「うっ、キモい」

思わずうめくと、お義兄様は私を抱き上げ、席を立った。

「義妹は体調が優れないようなので、席を外させていただきます」

ヘズル殿下はカッとして席を立つ。

すると、ライネケ様が立ち上がりヘズル殿下の足を踏んだ。

「ひえっ」

ヘズル殿下は情けない声をあげ、跳び上がる。

おびえて震えるヘズル殿下に、お義兄様は優雅に微笑んでみせる。

「では、失礼。ごゆっくり」

お義兄様はそう言うと、私を抱いて出て行った。

私は疲労困憊（こんぱい）である。

あれからヘズル殿下が私につきまとうようになったからだ。修道院や神殿での炊き出しにもやってくる。おとなしく手伝いをしてくれればよいのだが、そうはならない。

「ルネ！　おい！　そんなことしたら、手が汚れるぞ。それより、バナナケーキを食べよう」

コンニャク芋をすりつぶす私の隣で、ヘズル殿下がわめいている。

ライネケ様がウウと唸ると、ヘズル殿下はビクリと震え、いったんはおとなしくなる。

「殿下、バナナケーキは被災者のためのものです。殿下は王宮に戻り食べてください」

私はライネケ様の権威を笠(かさ)に、ヘズル殿下をあしらった。

「だって、王宮で食べるバナナケーキより、ルナールのケーキのほうが旨かった。やっぱり特別なシェフがいるんだろう。隠しているなんて不敬だ――」

言いかけたところで、ライネケ様がガウと吠えた。

（ヘズル殿下の打たれ強さには感心するわ）

ヘズル殿下は、ライネケ様に窘められるといったんはおとなしくなるのだが、すぐさま余計なことを言う。

「バナナケーキが美味しかったのは、できたてで温かかったからです。王宮に帰ったら温かい食事をお召し上がりください。あと、ドングリの粉が混ざっているからかもしれません」

私はヘズル殿下を見もせずに、ゴシゴシとコンニャク芋をおろす。

そばで聞いていた侍従は、感心したように私の言葉をメモに書きつけている。

「たしかに王宮の食事は冷たいです。でもなんで、ルネ様は王宮の食事をご存じなのですか？」

侍従に聞かれて私は遠い目をした。前世での知識とはいえない。

悟ったような表情を作って、厳かに答える。

「ライネケ様より伺いました」

ライネケ様は足もとで笑っている。

「ははー。さすがでございます」

侍従は素直にその言葉を信じる。

そうこうしているうちにバルたちがコンニャク芋を持ってやってきた。バルは、泥まみれになりながら、領民たちと一緒に山に自生しているコンニャク芋を掘り出してくるのだ。

帽子の護衛も、同時に現れた。

(まさか、バルを監視してたわけじゃないよね?)

私は怪訝に思うが、気にしている人はいないようだ。

バルは天真爛漫にコンニャク芋を見せつける。

「コンニャク芋、いっぱいとれたぜ!」

「いつもありがとう! バル!!」

私は立ち上がって、バルに駆け寄り労う。

ライネケ様もバルの足に自身の体を擦りつける。

バルは照れたように鼻の下を擦る。

「そういえばさー、珍しい芋を見つけたんだ。今度、ライネケ様も一緒に山へ行こうぜ。そうしたら、きっとなにかわかるはず！」

バルは山での話をしてくれる。私はバルの話を聞くのが大好きだ。興味津々(きょうみしんしん)で聞いていれば、ダンと足を踏みならす音が響いた。

驚いて音のしたほうを見ると、ヘズル殿下が怒りの目でこちらを睨んでいる。

「なんだよ！　そいつにばっかりいい顔するな！」

ヘズル殿下はそう言い捨てると、走って行ってしまった。

侍従は申し訳なさそうに頭を下げると、ヘズル殿下を追いかけていく。

影のように見守っていた帽子の護衛は、チラリとバルを見ると不敵に笑ってから、彼らを追った。

残された私たちは意味がわからず、キョトンとしてしまう。

「……なんだよ、あれ……」

バルが呆気(あっけ)にとられる。

周囲の領民たちも口々に不満を零す。

〈あまりよくないな〉

ボソリとライネケ様が呟いた。

私はライネケ様の背中に顔をつけ、ライネケ様だけに聞こえるようにコソコソと聞く。

「どういうこと？」

〈バルに怒りの矛先が向かってる……危ないかもしれないな。そもそも、あの帽子の護衛はずっとバルだけを見ていた。馬鹿王太子がどこまで知っているかはわからんが、一言愚痴でも零せば、あ

いつになく真剣な声色に、お腹の底が冷たくなる。

〈やつらがバルを始末する大義名分を得るだろう〉


「まさか」

〈リアムに相談せよ。我が輩もバルのことは憎からず思っているからな〉

ライネケ様に言われ、私は白銀の毛並みにゴシゴシと顔を擦りつけた。

〈怖いことは嫌。でも……バルを失うのはもっと嫌〉

私はキュッと唇を噛んで顔を上げた。

そして、バルの腕をとる。

「バル。今日はずっと一緒にいようね！」

私が言うと、バルは顔を赤らめ頬をかくと、目を逸らして「おう」と答えた。


それから、侯爵家に帰り、私はお義兄様に相談した。

お義兄様も帽子の護衛が気になっていたようだ。

「ライネケ様も心配されているようなら、先手を打とうか」

お義兄様の紫色の瞳が怪しく光る。

「先手？」

「バルを襲わせる隙を作るんだ」

「バルをおとりにするって言うの？　そんなの危ない！」

私が反対すると、バルは好戦的な目で私を見た。

「いいじゃん！　やってやろうぜ！　ずーっと、ずーっと言われっぱなしで、我慢しっぱなしで嫌だったんだ！」

バルはまるで楽しいことでも始めるかのように言う。

しかし、私にはそうは思えなかった。

「でも、バルを危険な目に遭わせるのはダメだよ！」

私が反対すると、お義兄様は頷いた。

「……たしかに、軽率だったかもしれないね。ルネが言うなら」

「ヤだよ‼」

お義兄様の言葉をバルが遮る。

「髪の色を変えるのはしかたないと思うよ。でもさ、ずっと、オレ、この不便な色眼鏡かけてんの？　ずっとオレ、自分のままでいられないの？　あいつら帰る気全然ないじゃん。このままずっと居座られたら、オレはずっと眼鏡かけてなきゃいけないのかよ‼」

悲痛な叫び。命を狙われる出自のせいで、バルはバルのままでは生きていけない。

その苦しさは私にもわかる。

（だって、前世では私はルルとして生きていたから……）

お義兄様は私を見つめた。お義兄様は私に甘いのだ。私が嫌がることは決してない。いつだって私の気持ちを優先してくれる。

今もそうだ。

「檻（おり）の中の安全より、危なくてもいいから外で自由に生きたいよ……」

バルは絞り出すように呟いた。

〈ルネ、おまえが一番わかるだろう?〉

ライネケ様が優しい瞳で私を見た。

前世で王宮へ嫁いでからは、私はカゴの中の鳥だった。大切にされた。愛された。それも、ヘズル殿下の目の届く範囲の中でのことだった。自由に外へ出ることは許されなかった。死ぬまでルナールには帰ることすらできなかったのだ。

私はゆっくりと顔を上げた。どうしても瞳が潤んでしまう。

（バル自身の問題だもん。バルが決めたことに力を貸してあげなきゃいけないんだわ）

そしてバルを見据える。

「わかった。でも、絶対に怪我なんてしないで」

私がお願いすると、バルは安心させるようにニカッと笑った。

お義兄様は私の頭をヨシヨシと撫でる。

「大丈夫。バルひとりで戦わせたりしないから」

〈そうだ。我が輩もいるからな〉

ライネケ様の頼もしい言葉を聞いて、私は嬉しくなった。そして、ライネケ様を抱き上げ、彼の言葉をみんなに告げた。

「ライネケ様も一緒に戦ってくれるそうです。だから私も一緒に頑張る！」

　私が宣言すると、バルとお義兄様が顔色を変えた。

「ダメだよ！」

「ルネ、それは認められない!!」

「だって、ライネケ様のお言葉を伝えられるのは私だけよ。それに、森に一番詳しいのは、キツネの精霊と契約した私だもん！」

　キツネ耳をピクピクと動かし、尻尾もブンブンと振ってみせる。

〈よく言った。ルネよ！　これぞ我が輩が選んだものだ！〉

　ライネケ様は満足げに、私の顔に顔をすり寄せる。私はライネケ様を抱きしめかえした。

「ライネケ様も賛成ですって！」

　私が伝えると、お義兄様とバルは頭を抱えた。

「ルネがこんなにお転婆（てんば）だとは思わなかった」

　お義兄様が唸る。

「初めて出会ったときからむちゃくちゃだと思ってたけど、むちゃくちゃだ！」

　バルは笑った。

　そして、お義兄様とバルは顔を見合わせる。

「「でも、そんなルネが好き」」

　ふたりの声が合わさった。お義兄様はバルを睨み、バルは気まずそうに苦笑いをする。

「私もみんなが好きだから、みんなで幸せになりたいの。だから私も頑張るの！」

力こぶを作ってみせれば、ライネケ様は「コンコーン」と鳴いた。


そして、今日は決戦の日である。

バルはいつも通り森の中にコンニャク芋を探しに出かけた。町の復興に人の数を割くという理由で、今日から、森に入る大人の数が少なくなっている。

今日、ヘズル殿下と侍従はお養父様と一緒に領地内の慰問に歩いていた。

しかし、思ったとおり、帽子の護衛はバルと一緒に森へやってきた。それを確認して、私たちも彼らを追った。

バルは最初の計画どおり、芋探しに夢中になったふりをして森の奥へひとり迷い込んでみせる。

それに誘われるように帽子の護衛は追いかけていく。私たちは様子を窺い（うかが）ながらあとをついていく。ライネケ様も一緒だ。

私はライネケ様の加護があって、森の中は自由自在だ。人には気配を読まれない自信もある。だけど、お義兄様は加護もないのに、無表情で私と同じことをやってのける。

（やっぱりお義兄様はすごい）

私はお義兄様の実力に惚れ惚れ（ほぼ）としてしまう。

どう見ても、バルを狙う護衛よりもずっと力があるように見えた。

（バルを狙う護衛だって腕利きのはずよ。きっと、王妃殿下の手のものだもの……）

そうこうしているうちに予定のポイントについた。

バルは土を掘っている。背中は無警戒で隙だらけだ。私たちは森に潜み、バルの援護をする計画になっている。

そんな無防備な子供の背中に向かって、帽子の護衛は剣を抜き振り下ろそうとした。

その瞬間、バルは振りかえり、自分の鍬でそれを受ける。ガチンと鈍い音がする。

帽子の護衛は反撃に驚いた様子を見せた。その隙に、バルは逃げる。しかし、すぐに帽子の護衛は追いかけた。剣を振り上げ、バルを狙う。バルは身の軽さと小ささを武器にちょこまかと逃げる。

剣の切っ先がバルの色眼鏡にあたり、眼鏡が吹っ飛んだ。そしてバルの黄金の瞳があらわになる。

バルが帽子の護衛を睨み上げると、好戦的に黄金の光が輝いた。その姿はまるで恐れを知らない王者だ。

帽子の護衛は息を呑み、不敵に笑った。

「やっぱり……『光』がまざっているな」

「?」

バルは意味がわからないといいたげに瞬きをした。

「このまま生かしておくわけにはいかない！」

帽子の護衛が剣を繰り出す。

バルは慌てて後退する。逃げ惑うふりをして獣道に入った。

帽子の護衛は下草に足を取られ盛大に転んだ。前夜に、草同士の先端を結び、罠を作っておいたのだ。転んだ護衛の背に、森に住む小動物たちがよじ登り、はねる。護衛の上に蛭(ひる)やダニが落ちる。

ライネケ様が、森の動物たちに命じているのだ。

帽子の護衛はカッとなって立ち上がり、動物や虫を振り払った。

護衛は血走った目で、迷うことなくバルのあとを追いかけてくる。すると、獣道に作ってあった、くくり罠に見事にかかった。剣が手から離れ、転がった。

バルはそれを足で蹴り、遠くへ飛ばす。

「やったー‼」

バルが振り返り、勝ちどきをあげるように手を振り上げた。

「っ！　バル！　油断はダメだ‼」

お義兄様が声をかけると同時に、帽子の護衛は首にぶら下げていた小さな笛を吹いた。

耳をつんざくような甲高い音が森中に響き渡った。

鳥が木々から羽ばたき、動物たちは逃げていく。

私の耳もペシャンコに潰れて、尻尾も下がる。

ドカドカと森を踏み荒らしながら、屈強な男たちが集まってきた。ヘズル殿下の随行者としてルナール領にやってきた商人や運搬業者たちだ。

（随行者たちに暗殺者を紛れ込ませていたのね）

バルは男たちに取り囲まれて、ヒッと息を呑んだ。バルが持っている武器は鍬だけだ。

バルは鍬を両手に持ち、じりじりと後退した。

男たちは、ニヤニヤとしながら一歩ずつバルに近寄ってくる。

バルは、小さな木の前に追い詰められた。私とバルが出会い、鉄の足輪を捨てた場所だ。罪人の印である鉄の足輪は、バルの背にある木の根元にはまっている。

「殺せ！」

帽子の護衛の男が命じた瞬間、男たちが束になってバルに飛びかかった。

「ライネケ様！　お願いします‼」

私が叫ぶと、私の足もとからライネケ様が飛び出して巨大化する。バルの前に立ちはだかり、太い前足で強く踏み込むと、ライネケ様ごと地面がズンと落ちる。

男たちは全員、大きな落とし穴の中に落ち込んだ。

ライネケ様はバルをくわえ、穴の外に飛び出す。

「「せーの‼」」

私とお義兄様はその瞬間に合わせ、木々の上から網を落とした。網を落とすと同時に、木々の上に旗が揚がる仕組みになっている。それを見れば、罠が成功したことがわかるのだ。

動物たちが再び集まってきて、落とし穴の中に土や木の葉をどんどん落とし込む。

私は近くの小川から引いてあった支流の堰を解放し、落とし穴に水を注ぐ。といっても、そんなに流れの強い川ではないので、水攻めにはならない。ちょっと不快なだけだ。

「くそ、砂が目に入る」

「うわ！　水が気持ち悪い」

「なんだ、網が体に絡まる」

「暴れるな、ぶつかる！」

「おまえこそ離れろ！」

大の大人たちが、落とし穴の中で慌てふためいている。

ライネケ様は巨体のまま、私にすり寄った。褒めろという合図だ。私はライネケ様の鼻先を抱きしめる。

旗を見て、領民たちが集まってくる。そして、男たちを見て悪い顔で笑うと腕まくりをした。

「よくも、俺たちのルナール領で好き勝手してくれたな。ライネケ様の森を荒らしたな」

男たちはぞっとした顔で、息を呑んだ。

領民たちはいままでの恨みを晴らすように、男たちを捕らえ荒縄できつく縛り上げた。

くくり縄に捕まっていた帽子の護衛も荒縄でぐるぐる巻きにされた。

「こんなことをしてただですむと思うなよ！　俺は王太子へズル殿下の護衛だぞ‼」

帽子の護衛は地面に転がりながら、私たちを睨み上げるが、蛭やダニに吸われボロボロの姿では迫力がない。

（なんだか、小物が言う台詞（セリフ）みたい）

私が思うと、バルがケロッと笑った。

「なんだか、負け犬の遠吠（とおぼ）えみたいだな！」

ライネケ様が呵々（かか）と笑い、領民たちも声をあげて笑った。

お義兄様は苦笑している。

「私は、ルナール侯爵家の嫡子だけれどもね」

お義兄様が言うと、帽子の護衛は鼻で笑う。

「は、侯爵家の子供と将来王になるものと、違いは歴然だと思わないか？」

「いや、ヘズル殿下はそうかもしれないけど、おまえは部下なだけだろ？　関係なくない？」

バルがキョトンとして小首をかしげた。

帽子の護衛の顔がカッと赤くなる。

「……お前、調子に乗るなよ……！　そんなこと言っていられるのは今のうちだ！」

そう吠えかかったとき、森の木々をかきわけ、ルナール侯爵家の騎士が現れた。その後ろには、侍従とともにヘズル殿下、そしてお養父様がいる。

ライネケ様はヘズル殿下を確認すると、私を前足で抱きかかえた。モフモフの胸に包まれて私は安心する。フカフカで温かく、なんといっても心強い。

「ヘズル殿下!!」

ヘズル殿下を見て、帽子の護衛の顔が安心で緩む。そして、気が大きくなったのか、ヘズル殿下に訴える。

「こやつらを罰してください！　平民のくせに、王太子の護衛にこのような暴行を働いたのです！」

ヘズル殿下は困ったような顔を侍従に向けた。

侍従も困惑している。

「まずは、なぜこのようなことになったのか聞いてみたらいかがでしょうか」

お養父様はヘズル殿下に提案をした。

「あ、ああ、そうだな。それもそうだ。なぜ、このようなことになったのか」

ヘズルが帽子の護衛に尋ねる。

「私は領民のために、一緒に芋掘りに来たのです。そうしたら突然、その子供が襲いかかってきて！」

帽子の護衛はバルを睨みつけた。

バルは唇をとがらせる。

「剣で襲ってきたのはおじさんじゃん」

「その子供と、私、どちらを信じるのですか？　ヘズル殿下」

護衛は必死な目をヘズルに向けた。

「……それは、もちろん、おま」

言いかけたところで、お養父様がヘズル殿下の肩に手を置いた。

「こういうときは、言葉を鵜呑みにしてはなりません。自分の目でたしかめるべきです。王座に立つ者は情に流されてはいけません」

お養父様に諭され、ヘズル殿下はピシリと背を伸ばした。

王国の忠臣と呼ばれるルナール侯爵の承認なくては、いくら今、王太子でも王座に就くことはできない。『王座』の言葉を聞き、ヘズル殿下はそのことを思い出したようだった。

「そうだ。そうだな」

フムフムとそれらしい顔をして、帽子の護衛とバルを見比べる。

しかし、そもそも、ヘズル殿下はバルを疎ましいと思っているのだ。公平な判断などできようもない。

「どう見ても、このガキが悪い」

そう断じた瞬間、護衛はドヤ顔でバルを見おろした。

（どうしよう！　このままじゃ、バルが罪に問われちゃう。私ができること……私ができること……そうだ！）

私はライネケ様の腕の中から、ヘズル殿下をジッと見つめた。ライネケ様に守られているなら怖くない。

ヘズル殿下は私を見てボボボっと顔を赤らめた。

（やっぱり！　前世と同じで、ヘズル殿下には私のおねだりが有効なんだ！）

私は気がつくと、ヘズル殿下を見上げて小首をかしげて尋ねてみる。

「でも、なんで、この人が襲われただけなのに、こんなに王都の商人たちがあつまってるの？　変じゃない？」

「っ！　そうだな！　それはおかしいな！　おい、お前ら、なんでここにいる」

ヘズル殿下が尋ねると、商人を装っていた暗殺者たちは目を逸らした。

帽子の護衛は慌てる。

「この者たちも一緒に手伝いに来てくれたんです」

「道具も持たずに、ですか？」

お義兄様が尋ねると、護衛は息を呑み、唇を噛んだ。

「どうやら、その護衛の鞘には剣が収まっていないようだな。どこで抜いたのか」

お養父様が帽子の護衛をマジマジと眺めると、護衛は身をすくめ顔を青くする。

お義兄様は、バルが手にしていた鍬をヘズル殿下に手渡した。

「ここに剣でできた傷があります」

木製の柄についた傷をヘズル殿下は見て眉を顰めた。

「ちっちゃい子に大人が剣を向けるなんて酷い……。バルは私とおんなじ歳なのに。怖い……」

私はライネケ様にしがみつくと、同情を誘うようにヘズル殿下を上目遣いで見つめた。

〈なかなかたいした女ギツネぶりだ〉

ライネケ様が冷やかすように笑う。

ヘズル殿下は、ウッと呟いてよろめいた。

「そうだな。酷いな。あいつは酷いヤツだ！　どんな理由があったって子供に剣を向けるなんていけないよな！　うん、うん！　悪いのはあいつだ!!　首を切れ!!」

ヘズル殿下は帽子の護衛を指さした。

（判断が早すぎるし、極端なのよ……）

私は内心げっそりとする。

帽子の護衛は慌てる。

「な！　私を見捨てるのですか！　殿下がその子供を懲らしめろと言ったのではないですか！　私は殿下の命を受け」

「俺のせいにするのか？　懲らしめろとは言ったが殺せとは言っていないぞ。命令違反だ」

ヘズル殿下は答える。

帽子の護衛はギリリと歯を食いしばる。

「っ！　実は、コイツは陛下の妾が産んだ子です。今処分しなければ後々の禍根となります！」

護衛の言葉に、ヘズル殿下は飽き飽きしたとでも言いたげに肩をすくめた。

「……またそれか？　仮に俺の義弟だとしても、こんなちんちくりんになにができる」

ヘズル殿下は鼻で笑った。

「しかし！　修道院に移送されるはずだったのに、ルナール侯爵が死んだと虚偽の報告をし、侯爵家の遠縁と偽り育てているのです！　叛逆です！　ゆゆしき事態です‼」

帽子の護衛が声高に説明する。

侍従は不安げな顔で、お養父様を見た。

お養父様もお義兄様も相変わらず無表情だ。

「……そうなのか……？」

ヘズル殿下は戸惑いが隠せない顔で、お養父様を見た。

もし、叛逆が本当ならヘズル殿下にとっては危機的な状況だ。ヘズル殿下の周りにいるのはルナールの騎士で、自分の護衛はすでに捕らえられている。侍従だけでここから逃げられるはずもない。

事故にかこつけて消すこともできる。

お養父様は無表情のまま、帽子の護衛を見つめた。

「証拠は？」

一言尋ねる。

護衛はヒュッと息を呑んだ。ガクガクと震えながらも、バルを見た。

「……その……子供が、……証拠……だ！　隠していた瞳が金色だ」

ヘズル殿下と侍従は、無言でバルを見つめる。

バルは慌てて目を瞑（つむ）った。

「ほら、ああやって隠すくらいだ、きっとやましい事情がある！　それに精霊が味方についたんだ！

ただのガキじゃない！」

領民たちも、バルを見た。

とてつもない緊張が森に満ちた。

鳥の鳴き声もなく、葉の擦れる音さえしない。

ゴクリ、ヘズル殿下がつばを飲み込んだ音が聞こえた。オズオズと侍従を見上げる。

侍従は苦しげな顔をして、ヘズル殿下に耳打ちをした。

「！　髪！　髪がオレンジじゃないか!!　王家の血筋なら金髪だ！　そうだ！　金髪だ！」

ヘズル殿下がそう叫んだ。

「だから違う！　こいつは王族じゃない！」

ヘズル殿下は決めつけた。

きっと侍従がアドバイスしたのだろう。事実がどうであれ、今ここでルナール侯爵家を敵に回すことは得策ではないと。

ここは陸の孤島だ。助けを呼びに行くことも難しく、助けが来るにも時間がかかる。それまで、生きていられる保証はない。ならば、護衛ひとりを切り捨てるほうが簡単だ。

「な？　そうだよな？　ルナール侯爵。卿（けい）は、王家を裏切ったりしないよな？」

お養父様は無表情のまま、頷いた。

「それに、どうやって罪人の足輪を外せましょう。あの子には足輪などついていないではありませんか」

お養父様はバルの足もとに視線を向ける。

ヘズル殿下はそれを見てホッと息を吐いた。

「そうだ！　あれには宮廷魔導師の魔法も暗号もかかっている。外すには足を切るしかない。でも、あいつには足がある。だから、違う！」

「ええ、そうです。それに、その無名の罪人の足輪はここにあります」

お義兄様は、バルの背にある柏（かしわ）の木を指さした。まだ小さいその木の根元には、罪人の証である鉄の足輪がはまっている。

帽子の護衛は息を呑み、力なくグズグズと倒れた。

「……そんな！　本当に死んでいたのか……、それなのに、あの子の資質……。あの光は……」

ブッブツと小声で呟いているが、その瞳にはすでに生気がない。

「で、では、こやつの首を切れ」

ヘズル殿下が侍従に命じるが、侍従はひるむ。

「っでも！　本当の犯人を捕まえるには首を切ったらだめじゃない？」

私はヘズル殿下を止める。

首を切る様子など見たくはないし、実行犯よりもそれを命じた人が悪いのだ。このまま、帽子の護衛が死ねば主犯は逆に喜ぶ。

「本当の犯人？」

ヘズル殿下が私を見た。

「だって、この人に命令した人がいるってことでしょ？」

「命令？」

私はうまく説明できずに、お義兄様に助けを求めた。

「そこの護衛と捕らえられた者たちは、殿下の初公務をこのように妨害いたしました。ルナール侯爵家に疑いをかけ、殿下をこの地で孤立させようと企んでいたのです。あえて、被災地で無体を働き、領民たちの反感を殿下に向けようといたしました。いったい誰が企んだことなのか、きちんと調べなければなりません。首を切るのは早急です」

お義兄様が理路整然（りろせいぜん）と説明する。

ヘズル殿下は、恐る恐るというように周囲を見渡した。

厳つい ルナールの騎士たちは無表情でヘズル殿下を見おろしている。

ルナール領の領民たちは、農機具を片手にヘズル殿下と捕えられた随行者たちを睨んでいる。

「このままでは殿下の安全を保証しきれません。なにしろ、殿下が連れてきた随行者たちが、殿下を裏切ったのですから。ここは早めに王都にお帰りになるべきかと」

お養父様が感情のない声で告げると、ヘズル殿下は跪き、ウッと嘔吐いた。極限の緊張に耐えられなかったのだろう。

侍従が慌てて背をさする。

「私どもルナール伯爵家の騎士が殿下を領外までお送りいたします。そこから先は、王宮の信頼できる騎士とともにお戻りください」

ヘズル殿下は涙目になりながらコクコクと頷いた。

「早く！　今すぐが無理なら明日にでもここを出る！　早くそうしてくれ！　すまないが、俺が頼れるのは侯爵しかいないんだ！」

ヘズル殿下はなりふり構っていられないといった様子で、お養父様にすがった。

「当然でございます。殿下。殿下の御身が一番にございます」

「ありがとう！　ありがとう！　侯爵！　この恩は忘れない。あの者たちにはきっと厳しい処分を受けさせる。だからな、よろしく頼む。お願いだ！」

ヘズル殿下の必死の願いに、お養父様は相変わらずの無表情で鷹揚に頷いた。

そうして、ヘズル殿下は早々に準備を整え王都へ戻ることになった。

ヘズル殿下は名残惜しそうな目で私を見た。

「ルネ、またな！」

あんなことがあったのに、なんでこんなに楽観的なのか、私には理解できない。

（こういう図太さが王座に立つ人には必要なのかしら？）

私は無言でお義兄様の後ろに隠れた。

ライネケ様も私に寄り添ってくれている。

「すぐには無理だけど、正式に王宮へ迎える文書を送るから、少し待っていてくれ」

紅潮する顔で言われ、私はすがるような目でお養父様を見た。

「今回、初公務をしてみて思ったんだ。おまえはすごく頭がいい。それに俺のことも心配してくれたよな？　俺のことが好きなのはよくわかった。ルナール侯爵には恩義もあるし、今回の報償として、お前を王太子妃にしてやろう。だから、王宮へ来てお妃教育を受けろ。そして成人したら王太子妃だ！」

ヘズル殿下の言葉に絶望する。

（やっぱり、今度もお養父様は私を売ってしまったの？）

耳は萎(しお)れ、尻尾はヘンニョリと垂れ下がった。

「ルネは嫁にやりません」

お義兄様がキッパリと言い、私は顔を上げた。

お養父様も静かに頷く。

「先日お話ししたとおり、ルネは王家には嫁がせません」

お養父様の答えを聞いて、私はパァァと笑顔になる。

「お養父様ぁ！」

お養父様は私を売るつもりはなかったようだ。

お養父様は相変わらずの無表情で、ウムと頷いた。

なぜか、ヘズル殿下はニヤリと笑った。

「どんなに反対されようとも、俺は諦めたりしないからな！　きっと、きっと、お前を迎えに来るからな」

「来なくていいです！　私はどこにも行きません！」

即答したら、ヘズル殿下は嬉しそうに頬を赤らめた。

（そうだった、この人、冷たくされると喜ぶんだった……）

「お前のためなら頑張れる！　この危ない旅路もきっと生きて帰るからな！　俺を信じろ！」

ヘズル殿下は、私の気持ちなどつゆほども考えずに、ヒロイズムに酔った返事を平然とする。

ライネケ様はつまらなそうに大きな欠伸をしている。

私はもうなにも言えずに遠い目をした。どんなに冷たく突き放しても、相手を喜ばせるだけだと思ったのだ。

そうして、ヘズル殿下は王都へと帰っていった。

領民たちは誰ひとりとして見送りにこなかった。王族の旅立ちとは思えないほど、淋しい出発だった。

もう、ルナール領民の心は完全にヘズル殿下から離れてしまっていたのだった。


「……疲れた……」

私はグッタリとして、耳も尻尾も萎れてしまう。

お義兄様はそんな私を見て、ヨシヨシと頭を撫でた。

「お義兄様ぁ……」

私はお義兄様にギュッと抱きつく。

するとそれを見ていたお養父様が、真顔で尋ねた。

「ルネはリアムが好きなのか？」

問われて、お義兄様はパッと頬を赤らめた。

「父上、急になにを……」

「はい！　大好きです！」

私は元気いっぱいに答える。ブンブンと尻尾も振ってしまう。

「そうか。どこにも行きたくないと王太子に答えていたが、本当か？」

お養父様に尋ねられ、私はコクコクと答えた。

「お養父様、お願いです！　私をお嫁にやらないで！　大きくなったら、自立して、ちゃんとご恩をお返しします。ですから、どうぞお願いします」

必死に頭を下げる。

「私からもお願いします。ルネを王宮にやらないでください」

お義兄様も深く頭を下げた。

「そうか、わかった。ふたりがそんなに真剣に言うのならそうしよう」

お養父様の声に顔を上げると、お養母様も頷いた。

「「ありがとうございます！」」

私とお義兄様はお互いの両手を合わせ、指と指を絡ませた。

「よかったね！　ルネ」

「うん！　よかった！」

安心して、涙が零れる。

「ほら、泣かなくていいのよ？　ルネ」

お養母様が涙を拭ってくれる。

「ルネとずっと一緒にいられるのは私も嬉しいわ。大きくなるのが楽しみね」

私はお養母様が幸せそうに未来を語るのが嬉しい。

無表情のお養父様も、穏やかに微笑んでいて、私もつられて笑みが零れる。

お養父様とお養母様から、ルナール領にいてよいとお墨付き（すみつ）をもらった私は、ご機嫌だ。

（よかった！　これで、安心して、恩返しに集中できる！）

私はモフモフの尻尾をブンブンと振った。

五章

禁忌の名前

私は自分の部屋で窓のそばに椅子を置き、外を眺めていた。

窓の奥に広がっているのは、モンスターと水害によって荒れてしまった領地だ。

「今年はなんとかなったけど、毎年同じことになるなら意味ないわよね」

私はため息をつく。

せっかく、テオ先生を見つけたのに、今のままのペースで治水工事をしていては、また同じように来年の春先に決壊してしまう。そうしたら、被災支援を名目にまたヘズル殿下がやってくるかもしれない。

「お養父(とう)様は予算を回してくれると言ったけど、そもそもお金がないのよね……」

工事を早めるためには、土魔法が使える職人をたくさん呼ぶ必要がある。機械だって必要だ。また、今回の件で、財政はさらに悪化していることだろう。

(ヘズル殿下が金貨をたくさんもってきてくれたけど、きっと使い方を確認される。運河を作っていることを知られたら横やりが入るかもしれないわ)

王家はルナール領が富むことをよく思っていなかった。だから、前世でもヘズル殿下が馬車道を作るまで、陸の孤島として放置されてきたのだ。

逆に言えば、馬車道がないおかげで、ルナールは領地自体が要塞化していた。その利点を今回は失いたくない。

運河にすれば、ルナール領地から出ることは簡単だが、入ることは難しい。川の流れに逆流するため、舟を引っ張り上げなければならないからだ。領地防衛といった意味でも運河は都合がよく、建設を諦めたくない。

うーんと考える。

「そうだ！　魔鉱石（まこうせき）の鉱脈があるじゃない！」

私の耳がピーンと立つ。

「ライネケ様！」

私が名を呼ぶと、寝転がっていたライネケ様が顔を上げた。そして当然のように私の膝にのる。

私がライネケ様をワシャワシャと撫で回すと、彼は満足げに尻尾を揺らした。

〈どうした？　ルネ〉

「ご機嫌ですね、ライネケ様」

〈もちろんだ。お前が我が輩の言葉を伝えるようになってから、神殿への供物（くもつ）が増えてな。我が輩の神聖力も高まってきているのだ〉

「でも、ライネケ様たち精霊様は、供物を食べたりしないのに」

〈我々精霊は、人々の信じる力、求める力が強ければ強いほど力を得るからな。自分たちが苦しい中、それでも美しい花を探したり、食べられる木の実を探したりと、その心が力をくれる〉

「葛の葉様に言われて、大豆をたくさん植えているんです。なんだか、新しい供物を作りたいとかで。ダーキニー様は柑子という果物を教えてくださいました」

〈まったく。ルネのマナが整ってきてからは、あいつら、勝手にルネを使ってけしからん!!〉

「秋になったらライネケ様の好きなワインも作ります」

〈よきかな、よきかな〉

ライネケ様は満足そうだ。

「あの、ライネケ様に伺いたいのですが」

〈なんでも聞いてみよ〉

「魔鉱石の鉱脈のことです」

私が尋ねると、ライネケ様は渋い顔をした。

「あるんですよね？　なぜ、今まで見つからなかったんですか？」

〈ドラゴンが住んでいるからだ〉

ライネケ様は素っ気なく答えた。

「ドラゴン？」

〈聖なる山にはドラゴンが住んでいるのだ。そのためモンスターが多く、うかつに山に入れば痛い目にあう。しかし、ドラゴンの死後、聖なる山に馬車道が開通し、発見につながった〉

「今もドラゴンが生きている……」

想像もしてなかった話に、私は呆気にとられる。ドラゴンは伝説上の生き物だ。聖なる山にドラゴンが住んでいるという伝説は知っていたが、それは過去の話だと誰もが思っていた。

〈まあ、病(やまい)を患(わずら)ってはいるのだがな。そのせいで、自分の鱗(うろこ)を食い切れなくなっている〉

「は？　どういうことですか？」

〈ドラゴンは成長前に巣籠(すご)もりする性質がある。いわば、長い冬眠のようなものだな。場合によっては百年を超える眠りにつき、目覚めると脱皮する。脱皮した鱗をあやつが自分で食い切っていれば問題ないのだが、残った鱗が腐敗するとモンスターにかわる。それが雪解け水と一緒に川へ流れ出るのだ。そうして、川の氾濫を増幅させ、領地を荒らす〉

「最近になってモンスターの数が増えたのは、病のドラゴンのせいだったんですか？」

ライネケ様は当たり前のように頷(うなず)いた。

前世で私を襲ったモンスターは、ドラゴンの鱗のなれの果てだったのだ。

〈しかし、ドラゴンがいるあいだは、魔鉱石の鉱脈を探しに行くのは無理だ。鉱脈の入り口が、あやつの巣だからな。いくら病のドラゴンといえど、人間が敵にしていい相手ではない。死ぬまでしばしまて。どうせ、放っておけば死ぬのだから〉

ライネケ様の言葉に私は混乱する。

「つまり、鉱脈の入り口に弱ったドラゴンが住んでいる。そして、そのドラゴンの鱗がモンスターになる……ってことは……」

私は考える。

ドラゴンは精霊に近い存在だ。長い命を持ち、強い力と賢い知性を持っている。

ライネケ様はニヤニヤとして私を見ていた。

ドラゴンを殺すことができれば、魔鉱石の鉱脈も手に入り、モンスターの発生も抑えられる。しかし、ドラゴンは人間が殺せるようなものではない。かりにできたら、ドラゴンスレイヤーとして名を轟かすことができる。

しかし、ドラゴンスレイヤーは名声と引き換えに、ドラゴンの呪いによって精霊との契約を強制解除され、今後一切の精霊と契約を結ぶことができなくなるのだ。

〈まぁ、おまえが望むなら我が輩が手を貸してやってもよいが……〉

ライネケ様は目を細くして私を見た。ゾッとするような闇色の瞳だった。

私はゴクリと唾を飲む。

「ライネケ様、私に力を貸してください」

〈ほう？　なにを望む？〉

低く冷たい声に、私は怯む。

（でも、ここで諦めたらいけない！）

フンとお腹に力を込める。

「病のドラゴンを治したいんです!!」

私が気合いを入れて言うと、ライネケ様はプッと噴き出した。

〈ドラゴンを治したい……だと？　これは面妖な。面白い、面白い〉

ライネケ様はお腹を抱えて笑っている。

「なんで笑うんですか！」

まったくもって心外である。

〈殺したいのではないのか？〉

「え？　ライネケ様はドラゴンを殺せるんですか？」

思わず尋ねる。

〈我が輩は力を貸すだけだ。どう使うかは人間次第というところだな〉

ライネケ様は、笑っている。

「ですよね？　私、ドラゴンを殺せるとは思えませんし、殺したいとも思いません。ドラゴンの鱗が、病で食べきれないせいなら、病気を治したらいいんじゃないかと思って。最悪、鱗を回収してモンスターになる前に焼いてしまえばいいですよね？」

〈ほうほう、それはそうだな。だが、魔鉱石はどうする？〉

「それは、諦めます。ドラゴンが守っているものなのでしょう？　きっと大切な物なんだわ」

私が答えると、ライネケ様はクツクツと笑う。

〈そうか。では、我が輩からひとつ悪知恵を授けよう〉

ライネケ様はご機嫌で言った。

〈ドラゴンの治療と引き換えに、脱皮した鱗をもらうがよい〉

「え？　でも、モンスターになってしまうのでは？」

〈ドラゴンの鱗は、きちんと加工すれば魔鉱石の代わりとなる〉

「……⁉　え？　どういう……」

〈そもそも魔鉱石は、ドラゴンの死体が死蠟化したものだ。鱗もモンスターになる前に、なにかで腐敗を止めてしまえば、魔鉱石と同じように扱える。まぁ、魔力は本物に比べれば少ないがな〉

「！　もしかして魔鉱石の鉱脈って、ドラゴンの墓場？　だからドラゴンが守ってるの」

〈正解だ〉

そんなところを攻め立てて魔鉱石を奪おうとしたら、ドラゴンの逆鱗に触れるのは間違いなしだ。

相手が病を得ているとしても、どうなることかわからない。

あまりのことに、私の耳はピーンと立ち、ブワワと尻尾が膨らんだ。

「でも、なんではじめから教えてくれなかったんですか？」

最初から知っていれば、ドラゴンを殺すという選択肢はなかったはずだ。

ライネケ様はニンマリと笑った。

その笑顔にゾッとする。

「もしかして……私を試した……？」

〈さぁな。ドラゴンの病は無事癒えるかな？〉

ライネケ様はそう言うと、ククク と笑って私の膝に顔を埋めた。

（ドラゴンを殺したいと言っていたら、ライネケ様は私をどうするつもりだったのかしら……）

私はドッと背中に汗をかく。そして、ライネケ様の上にヘナヘナとのしかかった。尻尾も耳も萎れていた。

◆◆◆◆

今、私はドラゴンの住処(すみか)である聖なる山を登っている。

ルナール侯爵家の精鋭の騎士たちと、お義兄様(にいさま)、バル、私である。

はじめは私ひとりで行こうと思っていた。ドラゴンを倒すわけではないからだ。対話するつもりなのに、あまりに武装をしていたら警戒されると思ったのだ。

お義兄様は当然反対し、お養父様が意外にも精鋭の騎士たちを選んでつけてくれたのだった。

ライネケ様の案内で、ドラゴンの住処に向かう。

今日のライネケ様は巨大化バージョンだ。私を背に乗せ先頭を歩いていく。大きな背中は温かく、フワフワとしたのりごこちだ。

モンスターの多い山にもかかわらず、今日は穏やかそのものである。きっとライネケ様のおかげなのだろう。

みんな同じことを考えているのか、黄金の光が零れライネケ様の額に吸い込まれている。

ライネケ様は気分がよさそうだ。

私はライネケ様に言われ、ジャンシアヌというお酒を鞄(かばん)に入れてきた。リンドウから作られる酒らしい。

「俺も大きいライネケ様に乗ってみたいなぁ」

バルが羨望のまなざしで、ライネケ様の背に乗る私を見上げた。

お義兄様は不機嫌そうだ。

ライネケ様はまんざらでもないようで、モフモフの尻尾がご機嫌に揺れている。

《ルネだけ特別だ》

ライネケ様が答えると、周囲がザワつく。

「ライネケ様、しゃべれるの⁉」

バルが驚くと、ライネケ様は得意げに答えた。

《おぬしらの信仰心が増えたため、我が輩の力も強くなり、声が届くようになったのだ》

「オレたちの信仰心が役に立つんだ……」

バルはなんだか嬉しそうだ。

《ああ、精霊を信じる者は救われるのだ》

ライネケ様の言葉に、騎士たちは手を結び合わせ祈る。すると彼らからさらに多くの黄金の光が零れ、ライネケ様に集まっていった。

ライネケ様は嬉しそうに目を細め頷いた。


私たちはルナール川の源流を目指し、グピ川の上流を遡っている。

私以外の人たちは、途中まで馬に乗っていたのだが、獣道もなくなった今、徒歩でドラゴンのもとへ向かう。

現れたのは大きな洞窟だった。川は洞窟の中に繋がっている。

その入り口の壁には古い彫刻が施されているが、ツタが這っていて劣化していた。

「これは……」

お義兄様が驚きの声をあげた。

「王家の紋章の獅子、そしてルナール侯爵家の紋章であるキツネが彫られている。王家とルナール侯爵家の遺物なのか？」

ライネケ様はなにも言わない。ただ、冷めた目でお義兄様を見ていた。

「なんか文字が書いてある……。古い文字だ。えーっと、門……？　門の前の文字は削られているみたい」

バルが入り口上部の魔法文字を読む。

もう魔法文字の勉強もしているようだ。

「削られた言葉……まさか、ここが」

お義兄様が独りごちた。

洞窟の奥から生臭い風が吹いてくる。ウォォォンとなにかが共鳴している。ゾクリとして身震いした。

《怖いか？》

ライネケ様が私を見た。

私は素直に頷く。

《さて、我が輩はここに残るが……誰が行く？》

ライネケ様の言葉に、私は驚いた。当たり前のようにライネケ様が一緒に行ってくれるのだと思い込んでいた。

「え、ライネケ様は一緒に行ってくれないの？」

《精霊を封印する魔法がかけられているからな。我が輩は入れないのだ》

ライネケ様は飄々（ひょうひょう）とした表情で笑っている。

「オレが行く！」

真っ先に声をあげたのはバルだった。

バルはお義兄様の初陣（ういじん）に刺激を受け、武術に精を出していた。その後、ヘズル殿下とのトラブルを経て、生き残るために勉強にも力を入れている。

お養父様が修道院の安全性を確認してからは、修道院の人々と交流している。

元聖騎士（せいきし）だった修道院長から剣を学び、他の有識者たちからも魔法などについて学んでいるのだ。

私たちと一緒にヨガをしてマナの扱い方も上手になってきていた。

「オレ、最近、強くなったから‼」

そう言って、洞窟に向かって駆け出した。

しかし、入り口でなにかにぶつかったように、金色の光が弾けて、バルは跳ね飛ばされた。

《選ばれし者しか入れない》

ライネケ様が含み笑いでそう言った。

「下ろしてください」

私が言うと、ライネケ様は私を地面にそっと下ろした。

私はみんなに振り返り告げる。

「私が行きます」

すると、私の前にお義兄様が立ちはだかる。

「お義兄様」

「私が行こう」

「でも」

「きっと、私しか入れない。ここはルナール家当主だけがその場所を知る『呼んではならない門』に違いない」

「呼んではならない門？」

「ああ、昔むかしの伝説だよ。ルナール侯爵家の当主は昔、この門をくぐり、この先の精霊と契約することで当主と認められたんだ。しかし、百年前、この先にいる精霊と契約した者が王宮で乱心した。精霊の力が原因だった。そのため、王命によってこの洞窟は封印され、中の精霊と契約することは禁じられた」

そう答えるお義兄様の顔は強張っている。

「乱心……？」

「人の心を失って、王宮で自害したそうだ」

乾いた声だった。

「はぁ？　そんなのやめろよ！　リアムが同じようになるかもってことだろ？　そんなことまでする意味あるの？」

バルが嚙みつく。

「モンスターの発生源がわかっていて、止められるのなら、すべきことだ。そうすれば治水工事も順調に進むだろう」

お義兄様はキッパリと答えた。

バルは納得できないようだ。

「お前の命、大事にしろよ」

「モンスターを放っておいたら、たくさんの領民が死ぬ。いずれは、私も死ぬかもしれない」

お義兄様はそう言うと、洞窟に目を向けた。

私はギュッとお義兄様の手を握った。

「こんなことになるのなら、ドラゴンに会おうなんて言わなきゃよかった……」

ホロリと涙が零れる。

領地に恩返しをしたいと思っていた。でも、そのためにお義兄様を犠牲にするのは嫌なのだ。

「どうしても、お義兄様が行かないとダメなんですか？　ライネケ様」

ライネケ様は頷き、すげなく答えた。

《内側から壊れない限り、ルナール侯爵家の血筋以外は入れない》

「そんな……、でも、だったら」

《だが、ルネ。お前がついていくことはできる。キツネは昔から人を導くものだからな。それに我が輩と違って精霊ではないから、精霊を封印する魔法もかからない》

ライネケ様が試すような目で見た。

「だったら、私、お義兄様と一緒に行く！　お義兄様を道案内する!!」

私はギュッと涙を拭いて顔を上げた。

その勢いにお義兄様は動揺する。

「馬鹿なことを言わないで。ルネ、悪影響を受けるかもしれないんだよ？」

「それでも、いい。お義兄様だけ行かせたりしない!!」

「ダメだよ、ルネ。ルネがそんなことになったら母上はどうするの？」

「それなら、お義兄様だって一緒だよ！」

私はお義兄様の目を真っ直ぐに見つめた。

「お義兄様の心がなくなりそうになったら、私が見つけ出す。だからお義兄様、お義兄様は私の心を見つけて？」

「ルネ」

「ライネケ様のお力で、絶対お義兄様をドラゴンのもとへ送り届けるわ。私にしかできないもん！」

お義兄様は困った顔をして、ライネケ様を見た。

「ライネケ様、無茶です。ルネを止めてください」

そう言うので、私はお義兄様に抱きついた。

両手両足、尻尾も使って剝がされまいとべったり絡みつく。

「ライネケ様がなんて言ったって無駄です！　私はお義兄様についてくの！」

「ルネ」

「お願い、おいていかないで！」

「ルネ」

「……お願い、私、もう二度とおいていかれるのは嫌！」

モンスターの前で家族に見捨てられたあのとき。

ルル様を求めて死に急いでしまったお養母様。

ふたりだけ先に逝ってしまった断罪の日。

もう、ひとりおいていかれるのは嫌なのだ。

心を失うとしても、お義兄様と一緒にいたい。

「……ルネ……」

必死な私を見て、お義兄様は困り果てた顔をする。

《ルネと一緒に行け》

ライネケ様は私の味方だった。

「ライネケ様……」

お義兄様は泣きそうな顔で巨大化したライネケ様を見る。

《リアムよ、ヨガは毎日やっているな？　呼吸をしてみよ》

ライネケ様に言われ、お義兄様は呼吸を整える。

私にすら周囲のマナの流れがかわったのがわかった。

バルも騎士たちも気がついたのだろう。目を見張る。

《よい、これほどにまでよきマナを貯められるのであれば、お前は大丈夫だ》

ライネケ様はそう言うと、大きな尻尾でお義兄様の背中をポンポンと叩いた。

《ルネを連れていけ。お前なら守れる》

「私なら、ルネを守れる？」

《ああ、大事なことを忘れなければな。いいか、闇に喰われるなよ》

ライネケ様に諭されて、お義兄様は静かに頷いた。

そうして、ゆっくりと息を吐き出し、心を決めたような顔で私を見つめた。

「わかったよ。ルネ。でも、無理はしない。いいね？」

「うん！　お義兄様も無理はしないで」

私は抱きつくのをやめ、地面に下りる。

私たちは、苦笑いしながら見つめ合った。

お義兄様は深呼吸をすると、バルと騎士を見た。

「このさらに上に、閉ざされ隠された出口があるはずだ。そこを探し出し、もしもの場合に備えて壊れるようなら壊してくれ」

お義兄様が言うと、バルが頷く。

「わかった。テオ先生を呼んでくる」

「たのむよ。バル」

「任せてくれ！」

バルは胸を叩いた。

《では、準備はいいか？》

ライネケ様に向けて、私とお義兄様は頷いた。

《ルネの光が行き先を照らしてくれるだろう》

ライネケ様が尻尾で、私の尻尾をポンとはたいた。

すると、私の尻尾がほんのりと光った。まるでランプのようだ。

《では、行っておいで》

「はい！」

《そして、無事に帰っておいで》

ライネケ様はそう言った。

お義兄様は頷くと、腰につけていた剣を抜いた。

ルナール侯爵家に代々伝わる、エクリプスの剣である。

お義兄様は剣で、洞窟に向かって星を描く
「昏（くら）き夜を率いる者、混沌（こんとん）の闇を統べる者、そのうちより光を生みし者、闇の精霊王ノートよ、深き淵へ我を誘え」

禁忌の名を唱えた瞬間、洞窟からのうめき声が止まった。

気がつけば、川のせせらぎも、鳥のさえずりさえも聞こえない。

世界中の音が消えた。

ブワリと尻尾が広がる。

太陽が雲に隠れた。

瞬間、バルが弾かれた透明の壁に穴が空く。

お義兄様は深呼吸をした。

私も同じく深呼吸をする。

私たちは手を結び合い、一歩踏み込んだ。

洞窟の中に完全に入ると、薄い膜がピシリと音を立てガラスのように固まった。

焦った騎士とバルが、駆け寄ってきてガンガンとガラスを叩いている。

私は光る尻尾を揺らして、大丈夫だと外へ知らせた。

「行こう」

お義兄様はそう言うと、洞窟の奥へと進み出した。

洞窟の中は紫の闇に包まれていた。

お義兄様は持ってきたランプに火を点した。しかし、その炎は闇色だった。お義兄様は諦めたように吹き消す。

私の尻尾の光だけが唯一の灯りだ。それを頼りに先へ進む。

「ルネがいてくれてよかった」

お義兄様が言う。

「私もお義兄様がいてくれてよかった」

心底そう思い、繋ぐ手に力を込める。

「本心で義妹がそう思っていると思うか？　ルネは困っているぞ」

紫色の闇が、お義兄様の頭に巻きついて、私が思ってもいない言葉を吹き込む。

「ルネ、本当は怖いんじゃない？」

「そんなことないよ、お義兄様」

不安そうな顔をするお義兄様に、私は微笑んだ。

紫の闇は私の頭にも巻きつこうとする。

「ルネは捨てられたくなくて無理しているんだ。我らにはお見通しさ。本当のことなんか言えっこない」

紫色の闇がお義兄様と私に囁く。

お義兄様はギュッと唇を噛んだ。

「そんなことないもん！」

私は頭を振った。すると、頭に巻きつこうとしていた紫の闇が、パチンと弾かれた。

「くっ、精霊と契約しているな？　しかもルナールの血筋ではない！　それなのに、なぜここに入れた！」

「キツネは人を導くものだからよ」

フフンと胸を反らして、ライネケ様の受け売りをそのまま答える。

「くそ！　やっかいなやつだ」

紫の闇は私から離れると、お義兄様の頭に二重に巻きついた。

「ルネはお前を迷惑に思っているよ。お前のことなんか好きじゃないよ」

「ばーか！　なに言ってるの！　あなたたち、どうやら人の心の闇を刺激する感じの魔物っぽいけど、そんな見当違いしているようじゃ、まだまだねっ！」

私がイーッと紫の闇に反論する。

「……」

すると紫の闇は一瞬黙った。

「お前が馬鹿だろ」

「なに、突然怒り出して、初心者でしょ？」

「初心者じゃありませんー！　ずっとずっと、ここでこれやってますー！」

「はぁ？　だったら人が久々すぎて忘れちゃったんじゃない？　ほかに代わりの闇はいないの？　ライネケ様のほうがもっと上手に人の心をいたぶるわ」

「……なんで、そんな酷いこと言うんだよ。人と比べてどうだとか、言っちゃいけないんだぞ!!」

「酷いこと言えば、酷いこと言われるんだよ!!」

私が反論すると、紫の闇は黙った。

闇の中に重苦しい沈黙が広がる。

「ご、ごめ、言いすぎちゃったみたい……」

私が慌てて謝ると、ブワリと濃い闇が足もとに広がった。

「後悔しても遅い」

そう吐き捨てると、闇が沼のように緩み、トプンとお義兄様が沈み込む。

お義兄様は私から手を離した。

「逃げろ！　ルネ！」

私は必死にお義兄様へ手を伸ばした。ギリギリのところで手首を掴(つか)む。

そして私たちは一緒に昏い沼に落ちた。

◆　◆　◆　◆

ワンワンと声が頭の中に響いてくる。

たくさんの声がめいめいに、いろいろなことを話している。

少女の笑い声が聞こえて、そちらに目をやると、お養母様が立っていた。そこへ、私にそっくりの少女が駆けてきて、お養母様に抱きついた。きっとルル様だ。

『ルル、生きていたのね！　あなたが生きていてくれてよかった。あなたさえ生きていてくれればいいのよ』
嬉しそうに微笑むお養母様。その場面だけを見れば、幸せそのもののシーンだ。
漆黒の闇がクスクスと笑っている。
［あの子だけ生きていれば、あの子さえ生きていれば］
闇が囁く。艶めかしい女の声だ。
お義兄様はうつろな目でその様子を眺めている。
唇が小さく動く。
「ルルが生きていたほうが――」
［そう、お前なんて誰も愛さない。お前は誰にも愛されない］
私はお義兄様の手をグッと引っ張った。
「そんなことないよ！　お養母様はそんなこと言わない!!」
私の声にお義兄様はハッとした。そして頷く。
「そうだね。母上はそんなこと言わない」
ふたりで頷き合うと、闇は楽しそうにクスクスと笑う。
場面が切り替わって、見えたのはバルと私の姿だ。
少し大人になっているのだろうか。バルは騎士の制服を着ている。
ビクリとお義兄様が震えた。
『ルネ、好きだ。オレと結婚してほしい』

幻影のバルがそう言って、私は思わず噴き出した。

「ありえない――」

そう言った瞬間、お義兄様から手を払われた。

「お義兄様……？」

お義兄様は腕で自分の顔を隠している。

「見ないで、ルネ」

闇が囁く。

「ルネはバルを選ぶ。光り輝く髪を持つ王子を選ぶ。捨てられるのはお前だ。闇色の髪のお前だ」

闇が笑う。

「お義兄様！　しっかりして！」

「ほら、ルネは『お義兄様』と呼ぶだろう？　お前は――」

お義兄様は闇を払うように手を振った。

「うるさい！　黙れ！」

「尻尾を触られるのだって、本当は嫌なんだ。でも、義兄だから遠慮して嫌だと言えないだけさ」

お義兄様は顔を青ざめさせ、私を見た。

「そんなことないよ！　気持ちいいよ！　お義兄様のこと好きだから！」

「義兄として好かれている。拾ったから執着されているだけさ。本当は『リアム』なんか好きじゃない。それに気がつけば、義妹は去っていく」

「黙れ！　黙れ！　わかっている!!　いいんだ。私はそれでいいんだ！」

「嘘吐き、嘘吐き、嘘吐き、本当は欲しいくせに」

「黙れ!!」

「欲しいものは奪えばいいんだよ。逃げられないようにしてしまえばいい。誰にも見られないように……」

　闇がそそのかすと、そこへ成長した私の姿が現れた。

　アカデミーの制服を着ている。

「……制服が似合ってる」

　お義兄様が呟く。

「ああ、そうだ、わかるだろう？　アカデミーになんて行かせたらだめだ。パーティなんてもっとダメだ。美しいルネを社交界になんて出したら、誰もが彼女を欲しがるだろう」

　そこには美しく着飾るドレス姿の私がいた。前世でこのころの私は、お義兄様の反対でアカデミーにも通えず、社交界にも出ていなかった。

　だから、闇の映し出す幻影は、私も見たことのない姿だった。

　闇の囁きに、お義兄様が顔を上げた。紫色の瞳で私を見る。

「屋敷に閉じ込めてしまおう。誰にも見られないように。誰にも知られないように」

　お義兄様が復唱する。

「屋敷に閉じ込める……誰にも……」

お義兄様のうつろな声が闇に混じって拡散する。

「お義兄様しっかりして!!　闇が言うのは全部嘘よ！」

「ルネ……」

「お義兄様！　私、お義兄様が好きだもん」

私の訴えに、お義兄様は悲しげに微笑んだ。

「うん。知ってるよ……」

力ない言葉に、闇が高笑いをする。

「ははっ！　義妹は正しく義妹らしい！」

「そう、ルネは正しい。私が間違ってる」

お義兄様がそう答えると、紫の水晶石のようなものに閉じ込められてしまった。お義兄様はその中で、胎児のようにクルンと体を丸め込み、闇の作り出す私の幻影を切なそうに眺めている。

「お義兄様……!!」

私はガンガンと石を叩いた。

お義兄様は今の私を見てくれない。闇の作り出した、幻の私ばかりを目で追っている。

「お義兄様！　お義兄様!!」

私は必死で石を叩く。しかし、紫の石はびくともしない。それどころかドンドンと紫色が濁っていき、闇の色に染まっていく。

「私を見て！　お義兄様！　私にはお義兄様が必要なの!!」

大きな声で呼びかける。尻尾の光が一層に輝いた。

「くそ！　眩しい!!」

闇が怯む。

「お前は邪魔だ。ついにルナールの血筋がここへ来たのだ。あの体とひとつになれば、やっと、ここから解放される。邪魔をするな!!」

バシンと闇に弾かれて、私は尻餅をついた。

指先が触れた地面に違和感を覚えて、砂を除けてみる。すると、そこには魔法陣が描かれていた。

私は両手と尻尾を使い、魔法陣の砂埃をどかす。ライネケ様の力なのだろうか。瞬く間に、魔法陣の全体が露わになった。

「これは、精霊召喚の魔法陣……？」

中央に描かれているのは魔法文字だ。

「もしかして、闇の精霊王ノートの魔法陣……」

ノートの名前を口にした瞬間、魔法陣が薄く光った。

お義兄様の瞳を思わせる紫の光だ。

お義兄様に纏わりつく漆黒の闇も、チカリと光った。

「！　あの漆黒の闇がノートなの？　暴走した精霊を止めるには、魔法陣の契約で拘束するしかなかったはず」

ライネケ様に教わっていた知識が役に立つ。

「でも、ひとりでふたりの精霊と契約はできないから、私には無理。今、契約できるのはお義兄様だけだけど――」

お義兄様はボンヤリとした目で、幻影を眺めている。

「お義兄様！　こっちを向いて！　お義兄様！　精霊の暴走を止めるには魔法陣で契約するしかないの！」

私は紫の石をガンガンと叩き、お義兄様に呼びかける。しかし、お義兄様は振り向かない。

「お義兄様！　こっちを見て！　私を無視しないで‼」

声の限り叫んでも、お義兄様は視線さえ私に向けない。

「お義兄様……」

お義兄様の視線の先では、幻影の私が花嫁衣装を着て、お養父様と一緒に歩いていた。

その先には、大人になったバルが佇（たたず）んでいる。バルに尻尾を振る私。

しかし、その瞬間、バルはヘズル殿下に変った。

私は前世の結婚式を思い出しゾッとした。

そして、ヘズル殿下は私の尻尾に優しく触った。

「気持ち悪い‼」

思わず尻尾をブンブンと振り回した。触れられてもいないのに、気味の悪い感触が尻尾から這い上がってくる。

これは、闇の精霊王の預言なのだろうか。それとも、呪いなのだろうか。

（真実になってしまいそうで怖い！）

「いやっ！」

私は紫の石にすがりついた。恐怖で涙が零れる。

「嫌よ！　お義兄様！　お願い！　こっちを見て！　お願い！　お願い！　お義兄様!!　結婚を止めて！」

私は声の限りに叫んだ。

キツネの尻尾がブワリと広がり、大きく光る。

「お願いします！　お義兄様！　声を聞いて！　私をお嫁にやらないで！　どこにも行きたくないの！　どこにも行きたくないよ!!」

ボロボロと泣きながら紫の石を叩く。

するとお義兄様が私を見た。

「お義兄様ぁ！　お義兄様ぁ！　お願い、嫌なの！　お嫁になんて行きたくないの!!」

私は必死に訴える。

「お嫁に行きたくない……？」

お義兄様が尋ねる。

「うん」

「相手がバルでも？」

「うん」

「どんなお金持ちでも？」

「うん」

「ルナールより豊かな土地に行けるのに？」

「うん！　お義兄様のそばにいたいよ……。お義兄様、私、それじゃダメですか？　大きくなったら、侯爵家のじゃまにならないように仕事、探します。だから、お嫁にやらないでぇ……」

エグエグと泣きながら紫の石にすがりつく。

お義兄様は紫の石の中から、私に向かって手を伸ばした。そして、石の内側から私の涙を拭おうとする。

しかし、石が邪魔をして私に直接触れることができない。

「ルネ」

お義兄様が私の名前を呼んだ。

「泣かないで、ルネ」

「やだぁ、お義兄様が出てこないのヤダ」

イヤイヤと頭を振りながら、石をドンドンと叩く。

「私のところに帰ってきて！　お義兄様。淋しいよ、怖いよ、そばにいて、そばにいて！」

私の言葉を聞き、お義兄様はハッとした。そして、ギュッと唇を噛むと、顔を上げる。強いまなざしが、私を見つめた。

「ルネ。ごめんね。少しそこから離れていて」

「お義兄様……！」

「すぐに、そばへ行くから」

お義兄様はそう言うと剣を抜いた。その姿が凛々しくて私は惚れ惚れとする。

お義兄様が剣を振るうと、紫の石にヒビが入った。

闇が焦ったように叫ぶ。

「ルネはお前を義兄として頼っているだけだ、勘違いするな!!　ただの義妹だ！」

「わかっている！　それでもいい!!」

お義兄様は吠えた。

「お前のせいで!!」

漆黒の闇が私を突き飛ばす。

私は、魔法陣の中央に転がった。

「ルネ！」

お義兄様が石の中から私を呼ぶ。

私は立ち上がって、石へ向かおうとした。

しかし、真っ黒な手が地面から私の両足を掴んでいる。

「やだ！　離れて！　離れて!!」

ブンブンと尻尾を振る。

光った尻尾が黒い手をはたくと、その手は灰になって消える。

しかし、また新たな黒い手が伸びてくる。

「おまえなぞ消えてしまえ!!」

黒い大きな手が私に覆い被さろうとする。

「お義兄様ぁ!!」

「ルネ!!」

私が叫んだ瞬間、パリンと紫の石が割れた。

中から、お義兄様が飛び出してきて、剣で黒い手を突き刺し、魔法陣の中央に縫いつけた。

「お義兄様！　精霊と契約すれば、暴走が止められるはずです！」

私が叫ぶと、お義兄様は頷いた。

そして続けて詠唱しながら、魔法陣を描く。

「昏き夜を率いる者、混沌の闇を統べる者、そのうちより光を生みし者、闇の精霊王ノートよ、我に従え！」

ブワリ、そして、魔法陣から天に向かって紫の光が広がった。

「くっそ」

漆黒の闇が呻(うめ)く。

お義兄様は剣で闇を押さえながら、呼吸を整えマナをコントロールしている。

私はお義兄様に抱きついて、自分のマナをお義兄様に送る。

漆黒の闇がジワジワとエクリプスの剣に吸い込まれている。美しい銀色だった剣が、黒い色に変わっていく。

「リアム、我に体を与えよ。汝の望み、すべて叶えてやる。剣では叶えられない望みだ。体を貸せ。つねにではない。ときおり貸してくれるだけでよいのだ。な？　剣を介した契約より、より強い力を手に入れられる」

闇が囁く。

「我を身に宿せ。すべてを手に入れられるぞ。王にだってなれる。ああ、まず、手始めにバルを殺してやる。ルネを嫁にやりたくないいんだろう？　お前の手を汚さずに――」

闇の声に、お義兄様は顔を上げた。

紫の瞳が凶悪に輝いている。まるで悪魔のように妖艶な微笑みを浮かべていた。ゾッとするほど美しい。

「な？　悪い話じゃないはずだ――」

闇が猫なで声で媚びる。

お義兄様は唇の端を上げた。そして、エクリプスの剣にさらなるマナを注ぎ込む。

「我、闇の精霊王ノートとここに契約す。我が命つきるまで、我を守り賜え」

エクリプスの剣が紫色に輝き、柄のダイアモンドが紫色に光る。

「くっそ！　くっそ！　くっそ!!」

闇の精霊王ノートは、エクリプスの剣に吸い込まれた。

お義兄様は剣を鞘に収める。カチリと高い音が鳴った。

「バルを殺したいなんて思わないよ。そこが計算違いだったみたいだね。ノート」

お義兄様は小さく笑う。

ブン、と小さく剣が唸(うな)った。

「……契約が完了した……？」

「ああ」

お義兄様は私をギュッと抱きしめた。

「怖がらせてごめんね」

「ううん」

「泣かせてごめん」

「ううん」

私はかぶりを振りながら微笑んだ。

お義兄様は私の頬を優しく撫でて、流れる涙を拭った。そして、座り込んだ私を引っ張り上げた。

「さあ、行こう、目的はドラゴンだから」

そう言うと、私を抱き上げた。

閑話一

彼らの物語

リアムとルネが洞窟に入っていく。

ふたりを見送るしかできなかったオレは、情けなくて悔しい。

「バル様」

ルナール侯爵家の精鋭の騎士がオレを見た。しっかりしろと、目だけで語る。彼らは、リアムとオレの武術の指導者でもあった。

「修道院へひとり、テオ先生を呼びに行ってくれ」

騎士の中でも俊足の者が修道院に向かって走り出す。

オレはライネケ様に頭を下げた。

「もうひとつの出入り口のありかを教えてください」

すると、ライネケ様は目を眇（すが）めた。

《よいだろう》

「じゃあ、テオ先生と合流したら出発だ」

オレが言うと、ライネケ様はニヤリと笑う。

しばらくすると、テオ先生とギヨタン先生がやってきた。急いでやってきたのだろう。汗まみれで息を切らしている。

「ルネ様は⁉」

いつも視線を合わさないテオ先生だが、今は真っ直ぐとオレを見て尋ねた。

「この洞窟の中なんだ。ここは封印されていて、ルナール侯爵家の人しか入れない。別に出口があるらしいから、テオ先生にその出口周辺を開けてほしいってリアムが言ってた」

オレが説明すると、ギヨタン先生は錯乱する。

「ああ、ルネ様がそんな危険な場所に入るだなんて……早く迎えに行かなくては！」

ギヨタン先生は、そう言うと小瓶の液体をグビリと飲んだ。

「それは？」

「特製の回復薬です」

「特製の回復薬？」

「ちょっと無理して頑張れる薬です」

ギヨタン先生は、視線を反らして曖昧に笑う。

同じ薬をテオ先生も飲む。

「早く先へ急ぎましょう！」

テオ先生の声に、ライネケ様は満足げに頷(うなず)いた。

《では行くか》

ギヨタン先生も、テオ先生もライネケ様の声を聞いて驚いた。

オレたちは、ライネケ様の案内についていくことにした。

ライネケ様は、ヒョイヒョイと身軽に岩場を登っていく。森の中は、ライネケ様の独壇場だ。

オレはもちろん、鍛え上げられた騎士ですら、息を切らしながらやっとのことでついていく。

「ライネケ様は、ルネ以外には容赦がないな」

オレがボソリと呟くと、ライネケ様はニヤリと笑った。

ライネケ様はときたま怖い。今回のことだってそうだ。いつもはルネのことを猫かわいがりしているくせに、肝心なところで突き放す。

「なぁ、リアムとルネは無事なんだよな?」

急に不安に襲われオレが尋ねると、ライネケ様は真面目な顔してオレを見た。

《それはわからない。リアム次第というところだ》

「っ！　なんだよ、それ！　そんなに危ないなら、なんでルネまで行かせたんだ！」

《試練を越えられないのなら、その程度の者だ。大精霊ライネケと契約し続ける度量がなかっただけのこと》

シレッと答えるライネケ様にゾッとする。

「ひどい……」

《そんな顔をするな。我が輩は信じているのだよ。ルネならリアムを無事につれて帰ってくると》

ライネケ様は笑った。

《ところで、無駄話をしている余裕はあるのか?》

ライネケ様が意地悪に笑い、ハッとする。

ほかの騎士たちも、顔を青ざめさせた。緊張感がグッと増す。

「早く案内しろよ!! 早く行かなきゃ! なんとしても助けなきゃ!!」

それからオレたちは脇目も振らずにライネケ様についていった。

《ここだ》

ライネケ様が立ち止まった先には、不自然に丸い草原があった。

背の高い木はない。

そして、不思議なことに、動物も虫さえもいない。きっと見えている草原は偽物なのだろう。

「緑なのに死んでる……」

オレが思わず呟くと、ライネケ様は微笑んだ。そして自分の白銀のヒゲを引き抜き、フッと息を吹きかけ飛ばす。すると、そのヒゲは、円の延長線上の空間でパチンと光って消えた。

「バリアですね」

テオ先生は呟きながら、鞄(かばん)の中からY字の棒を取り出した。

「これからダウジングをおこないます」

「ダウジング?」

オレが問うと、テオ先生は頷いた。

「ハシバミの枝を使って、危険なものが埋まっていないかたしかめるんです」

そういうと、脇を締めて、Y字の枝の二股になった部分をそれぞれ左右の手で持ち。みぞおちの高さで維持する。すると、摑(つか)んでいないほうの端が上下に動き、ハシバミの枝が金色に輝いた。

「光の魔法陣⁉　……こんな辺境の地にまだ現存していたなんて」

テオ先生は震える声で言い、唇を嚙(か)んだ。

「さすがにちょっと、光の魔法で作られた魔法陣は崩せないですよねぇ……」

ギヨタン先生も難しい顔をしている。

「光の魔法陣を無効化できるのは、同じ光か、あの魔法だけです」

テオ先生は、闇の魔法の禁忌(きんき)を守っている。

「……魔法陣に触れないように、その周囲を壊していきましょう。物理的に周囲を壊してみるしか方法が思いつきません」

テオ先生が提案すると、騎士たちもギヨタン先生も頷いた。

「……光の魔法が使えたらいいのに」

オレはボソリと呟く。

ライネケ様はそれを聞き尻尾を振った。

テオ先生はダウジングをしながら、破壊する箇所を指示していく。そして、土魔法で亀裂をいれる。

騎士たちも、魔法が使える者は、魔法で協力し、魔法が使えない者は穴を掘っていく。

オレもテオ先生のいれた亀裂に、剣を差し込み掘り起こしていく。しかし、まったくらちがあかない。

ギヨタン先生は、またも回復薬を飲んだ。そして、大きく深呼吸をしてから、もう一種類の薬を飲んだ。

「僕にもください」

テオ先生が言い、ギヨタン先生は肩をすくめてから、薬を手渡した。

「いいですか？　これは生命力を前借りして魔力を増幅するものです。これを使ったら、自然回復するまでは絶対に魔法を使ってはいけません」

「わかっています。でも、ギヨタン先生だって飲んだじゃないですか」

テオ先生が笑い、ギヨタン先生は肩をすくめた。

「それって、なんだよ」

オレが尋ねると、テオ先生は気まずそうに視線を落とした。

ギヨタン先生は真っ直ぐな目でオレを見る。

「禁制の魔力増幅剤です。使ったことが王家に知られたら、どんな罪に問われるかわかりません」

「っ」

「っていうか、作っていたことが王家にバレたら私は死刑でしょうね。修道院やルナール侯爵家にもお咎(とが)めがあるかも」

ギヨタン先生はアハハと笑うが、目は笑っていなかった。

周囲の騎士たちはバッと目を逸らし、聞かなかったふりを決め込む。

「さぁ、急ぎましょう」

ヒリヒリとする空気。

テオ先生とギヨタン先生は、あらん限りの魔力を使って、魔法陣の脇を切り崩していく。

しかし、オレには魔力もない。力もない。一生懸命掘ってはいるが、ぜんぜん力になれている気はしなかった。

「……魔力があれば。オレも精霊と契約できれば……」

がむしゃらに剣を突き刺す。

ガチンと剣が岩に当たり、火花が散った。

「どうやら、大きな岩が魔法陣を支えているようです。この岩を切り崩さなければ、出口が開きそうもありません」

テオ先生はそう言うと膝をつき、岩に魔法陣を描き込んだ。そうして、岩に向かって手をつき、大きく息を吸い、魔力を込める。

「土の精霊よ、我に力を。この岩を粉砕し、魔法陣を無効化せよ」

すると、緑色のモヤが岩を包み込み、ギュッと締めつけるように収縮した。

キリキリと締め上げるほどに、テオ先生は苦しそうな顔をする。ハァハァと息を吐き、限界まで魔力を放出する。

フツリ、魔力が消えたのか、緑のモヤが霧散する。

「ああ……」

どこからともなくため息が漏れる。

岩には小さなヒビが入っただけだった。

「ギヨタン先生、もう一本、回復薬と増幅剤を」

「ダメですよ、増幅剤切れで魔法を使うのだって危ないのに、さらに薬を使うだなんて」

ギヨタン先生も水魔法を使い続け疲労困憊だ。

「そんなこと言ってられないじゃないですか！　ルネ様が、ルネ様がこの下にいるんです！　僕はルネ様がいなかったら……！　ルネ様が僕にチャンスをくれたんです！」

「そんなことはわかっている!!」

いつもふざけた調子のギヨタン先生が、真剣な顔で一喝した。

周囲が驚きのあまり硬直する。

「私だってね、ルネ様にはご恩があるんです。誤解されてばかりだった私を理解してくれた。あの方がアドバイスをくれなければ、いまだに多くの人が拘回虫症に苦しめられていたでしょう」

ギヨタン先生はそう言うと、テオ先生に笑いかけた。

「でも、そんなルネ様だから、君が増幅剤を飲んで死んでしまったら悲しむと思いませんか？」

「……!!　でも、でも！　ルネ様が帰ってこないなら、生きている意味がないじゃないですか！　先生だってそうでしょう!?」

いつも控えめなテオ先生が、ギヨタン先生に噛みついた。

ギヨタン先生は、大きくため息をつく。

「いいですか？　冷静に。増幅剤を使ったところで今の状態であれば、あと一回最大魔力を使ったらおしまいです。だから、みんなで協力をしましょう。ほら、テオくん、指示を出して」

ギヨタン先生が宥め、周囲がザワついた。

「ギヨタン先生が協力だなんて……」

テオ先生は大きく息を吸ってから、周囲を見回した。

「火の魔法を扱える方はいますか？」

テオ先生の呼びかけに、ふたりの騎士が前に出た。

「では、火の魔法陣をこの岩に描き込んで、岩を燃やしてください」

「「はっ！」」

ふたりの騎士が岩に魔法陣を描き込み、火をつける。

「水の魔法は……ギヨタン先生、僕が合図をしたら、岩の炎に水をかけてください。できるだけ冷たくて、強い力がいいです」

「うん。任せて」

「ほかの騎士方々は、岩に亀裂ができるはずなので、剣を差し込んでください」

「「わかりました!!」」

ギヨタン先生は真面目な顔をして、回復薬を一本テオ先生に手渡した。

テオ先生は少し不満そうな顔をして、回復薬を飲む。

ギヨタン先生はそれに苦笑いをしながら、自身も回復薬を飲み、さらに魔力増強剤を飲んだ。

「ギヨタン先生っ!!」

オレは思わず声をあげる。

危険な薬だと、自分自身で説明していたものだ。

「はい、残りはテオくんにあげます。私と間接キッスになっちゃいますけどね～」

ギヨタン先生はいつもの軽い調子でそう言うと、魔力増幅剤をテオ先生に投げた。

テオ先生はそれを受け取ると、躊躇（ちゅうちょ）なく一気に飲む。

「それが、最後ですよ。もう修道院に在庫もありません」

ギヨタン先生の言葉に、テオ先生はゆっくりと頷いた。

メラメラと燃える炎に向かって、ギヨタン先生が魔法陣を描いた。

騎士たちは真剣な眼差しで、炎を睨（にら）んでいる。

ザワザワと空気が揺れる。

「この一回に、集中します」

テオ先生が言うと、みんなが頷いた。

ギヨタン先生の背中に力強い青いオーラが揺らめいて見えた。

「水の精霊よ、我に力を。炎を消し去り岩を切り裂け！」

ギヨタン先生の詠唱と同時に、水の魔法陣が発動し炎に水の塊がぶつかる。

激しい音を立て、白い蒸気が立ちこめる。

「風の精霊よ、蒸気を蹴散らせ！」

騎士のひとりが突風を吹かせ、蒸気で見えなくなっていた視界を広げる。

岩には亀裂が入っている。騎士たちが岩の亀裂に剣を差し込み待機する。オレも同じように、剣を差し込んだ。

「土の精霊よ、我に力を。この岩を粉砕し、魔法陣を無効化せよ」

テオ先生が魔法陣を描き詠唱する。緑色のモヤが、岩の亀裂に入り込み押し広げる。

そこへ高圧の水が入り込み、岩を削っていく。

オレや騎士たちも、岩の亀裂に剣を差し込み力の限り、押し広げる。

みんなの力を合わせて、岩を壊そうとする。

「もう少しだ！　頑張れ！　頑張れ‼」

ピシリと大きな亀裂が入った。

その瞬間、テオ先生とギヨタン先生の魔力がつき、ふたりはその場に倒れ込んだ。

しかし、岩が割れるまでには今一歩足りないようだ。

「くそ‼　あと少しなのに‼」

オレはがむしゃらに、岩の亀裂を剣で突いた。

刃が岩に当たるたびに、甲高い音がして、火花が散る。

「あと少し！　もう少しなのに‼」

オレは諦めきれずに亀裂を突き続ける。火花が散り、剣が熱を帯びてきた。

騎士たちもオレに続いて、剣を岩の亀裂に差し込み、岩を削る。

「どうしてオレはこんなに無力なんだ‼」

オレは悔しくてしかたがない。

「テオ先生もギヨタン先生も頑張ってくれた。リアムだってルネだって命をかけてるのに！」

力の限り剣を振るうと、岩にぶつかった剣が弾き飛ばされた。

クルクルと宙舞い、あざ笑うように光の魔法陣の端に突き刺さる。

「っ！　あの中は、ライネケ様のヒゲが消えたところ……！」

ヒュッと息を呑む。

「諦めるしかないな」

ライネケ様がボソリと言って、オレは頭を振った。

「諦めない!!　剣は無事なんだ。きっと取れる！」

オレは剣に手を伸ばす。

「バル様、危ない!!」

騎士たちが声をあげる。

バチンと見えないバリアに手が弾かれて、ビリビリと痺れた。手が焼けている。

（オレだって、王家の血筋だ。光の精霊と契約できる力は持っているはずだ!!）

「ルネを助けるんだ！　諦めないんだ!!　過去の魔法陣なんかに負けるもんか!!」

オレはもう一度手を伸ばした。

バシンとさらに大きな音が響く。オレは怯まずに、そのバリアに手を突っ込む。バリアに穴が開く。

バチバチと火花が散る中をむりやりに突き破り、剣に手を伸ばす。剣は煌々と光っている。

オレが剣を握った瞬間、ライネケ様がオレの頭に前足を置いた。

《よくやった。これだけ開ければ、我が輩が力を貸してやれる。さあ、この魔法陣に向かって星を描け》

オレは気合いを入れると、剣を引き抜き、魔法陣に向かって星形を描く。

「光よ、切り裂け」

金色の軌道が星を描く。描いた星が、魔法陣にぶつかり砕ける。

同時に、岩が割れ、ポッカリと穴が開いた。その穴に、砕けた魔法陣が輝きながら、ハラハラと落ちていく。

「やった！　開いた!!」

ワッと歓声があがる。

「おーい！　誰かいるかー！」

オレは穴に向かって呼びかけた。

「バルー!!　ここよ！　お義兄様も私も無事よ!!」

ルネの声が返ってきて、一斉に拍手が起こる。

ライネケ様はそれを見て、満足げに微笑んだ。

「よかった!!　すぐ行くぞ!!　待ってろ!!」

オレはそう叫び、入り口から大きく手を振る。

すると、ルネたちも手を振りかえした。

「……光」

なぜか、頭の中に知らない声が響いてきた。

オレはハッとして、握っていた剣を見る。剣はもう、刃が欠けたただの剣になっていた。

「ライネケ様……あれって、光の魔法？」

ライネケ様は小さく笑う。

《お前が壊したバリアの残滓(ざんし)を、魔力としてお前に与えただけだ。光であって、光ではない》

「そっか……」

オレは少しガッカリとする。

《だが、お前は光の魔力に触れることができた。喜ばしいことだ》

「！　うん！」

《さぁ、迎えに行こう、我々の友を》

テオ先生は最後の力を振り絞って、壁に簡単な階段を作っている。

オレはその階段を真っ先に駆け下りていった。

六章

病のドラゴン

お義兄(にい)様は私を抱いたまま、尻尾の光を頼りに洞窟の奥へ進んでいく。闇の精霊王がお義兄様と契約したからか、普通の洞窟になっていた。

川をたどって進んでいくと、生臭い匂いが濃くなってくる。耳障りなうめき声が洞窟の中に反響していた。天井が揺れ、地鳴りのような音が響く。

私はお義兄様にギュッと抱きついた。

お義兄様も答えるように抱き返してくる。

目の前には薄い滝のカーテンが行く手を阻んでいる。高い高い天井から細い水の粒が落ちてきていた。

その滝の奥には、十メートルはありそうな大きなドラゴンがうずくまっていた。

苦しそうに唸りをあげている。

すえたような匂いは、ドラゴンの周囲に残っている脱皮した鱗(うろこ)から漂っているようだ。どうやら腐り始めているらしい。あれがモンスターの元になっているのだろう。腐りかけた菱形(ひしがた)の鱗が、足下の川に落ち流れていく。きっとこうやって洞窟の外に出た鱗がモンスターになって暴れているのだ。

よく見みると、ドラゴンの手足が少し曲がっている。

私たちは水に濡（ぬ）れるのもいとわずに、滝のカーテンをくぐった。

そこにいたのは白色のドラゴンだった。ところどころが紫帯びてくすんでいる。

ドラゴンは私たちを見て、うなり声をあげた。翼を羽ばたかせ、威嚇する。

「ライネケ様から聞いてきました。あなたが病（やまい）だと」

私はお義兄様に下ろしてもらい、ドラゴンの前に立った。キツネの耳を動かして、光る尻尾を見せる。

〈ライネケの契約者か……〉

「はい。どうしてこんなことになったかわかりますか？」

〈巣籠（すご）もりが終わり外へ出ようと洞窟の奥からここまでやってきたのだが、王家とルナール侯爵家が、闇の精霊王を封印するため洞窟の出入り口を塞いでいたのだ。そのせいで、外へ出られなくなってしまった〉

ドラゴンは苦しそうに答える。

紫に変色した部分は動かないようだ。

〈食べ物は洞窟の中にあるものだけ、日の光がないために足腰も痛む。苦しいのだ〉

「もしかして……クル病？　ギヨタン先生が教えてくれました。日照不足と、カルシウム不足からなりやすい病気だって」

お義兄様はドラゴンと話す私を見て驚く。

「もしかして、ドラゴンと話をしているの？」

お義兄様に問われてハッとする。闇の声とは会話をしていたから、ドラゴンの声も聞こえるものだと思っていた。

「お義兄様には聞こえなかったの？」

お義兄様は頷（うなず）いた。

「もしかして、ライネケ様の耳のおかげで聞こえるのかな？」

私は耳を動かしてみる。

〈そうだ。愚かな人間に私の声など聞こえまい〉

ドラゴンは答えた。

お義兄様は本当にドラゴンの声が聞こえないようで、失礼な発言にも気がついていない。

「まずはこの洞窟から出る方法を考えたほうがよさそうだね。ここから帰れるかな？」

お義兄様が振り返り、私たちが来た道を見る。

「闇の精霊王はお義兄様が契約しました。この先の道を行けば、出口の封印はお義兄様が解いてくれます」

私がドラゴンに説明する。

〈しかし、体が痛くて思うようには動けないのだ〉

ドラゴンは遠い目をして滝を見つめた。

〈以前は、この上が開いていたのだ。空を見ることができた。それなのに、空はなくなり、出口さ

えも塞がれた。すべては王家とルナール侯爵家のせいだと、闇の精霊が教えてくれた〉

ドラゴンは滝を見つめていた目を、お義兄様に向けた。

闇の精霊王を封じたエクリプスの剣(つるぎ)の鞘(さや)から、禍々しい気配が漏れ出ている。お義兄様が剣を摑(つか)むとその気配が消えた。

ドラゴンは黒々とした瞳でお義兄様を睨(にら)む。

〈エクリプスの剣……、こいつは、ルナール……。ドラゴンを封じたルナール！〉

ドラゴンはヨロリと立ち上がった。

「お義兄様！」

私は思わずお義兄様の前に立ちはだかる。

「ルネ？」

ドラゴンの声が聞こえないお義兄様は、驚き私をかばう。

ドラゴンは自分の体をささえきれずに、ドシンと倒れた。ゼイゼイと息を切らしている。

「私たちはあなたと戦うために来たんじゃありません」

私はドラゴンの鼻先へ駆け寄った。そして、ライネケ様に渡されたジャンシアヌの酒を差し出した。

「根本的な病は治せないようですが、ドラゴンさんの気力を取り戻す薬だとライネケ様が言いました」

クン、とドラゴンはジャンシアヌの薫りを嗅いだ。

〈ああ、懐かしい香りだ……ライネケに何度か呑まされた酒だ……〉

ドラゴンは懐かしむように呟き、素直に口を開けた。

私はジャンシアヌをドラゴンの口に、トポトポと注いだ。

〈この酒は苦いのだ〉

ドラゴンは酒を飲み干し、顔をしかめる。

お義兄様は自分の両手で滝の水を受け、ドラゴンの前に差し出した。

「苦そうな顔をしているから……飲むかな？」

お義兄様は私を見て尋ねる。

ドラゴンは苦々しい様子で、グルと唸る。

しかし、お義兄様はキョトンとしている。

ドラゴンは諦めたようにため息をつき、口を開いた。

お義兄様はその口に水を注いでやる。

〈……ああ、旨い。生き返る心地だ……〉

どうやらドラゴンは、お義兄様に対する敵愾心を失ったらしい。諦めたように地面に寝そべり、洞窟の天井を見た。

言葉には出さないが、空を恋しがっているのだ。

「お義兄様、どうやらこの上の天井を、王家とルナール侯爵家で塞いでしまったようなんです」

私がドラゴンの話を伝えると、お義兄様は頷いた。

「ああ、古い言い伝えでは、この洞窟には出入り口があったとされている。きっと、ここが出口なのだろう。無事にバルたちが探し当ててくれているといいけれど」

お義兄様はエクリプスの剣を抜いた。

「できることをしなくちゃね」

そう言うと、天井に向けて星形を描くように剣を振る。

「闇よ、切り裂け」

お義兄様の言葉で天井の魔法陣が無効化された。砕けた魔法陣が、金色に輝きハラハラと降ってくる。まるで木漏れ日のようだ。

ドラゴンはホゥとため息をついて目を細めた。

〈美しいな〉

「ええ、綺麗（きれい）ですね」

私も共感する。すると、魔法陣の欠片に混じって、バラバラと土が降ってきた。

「キャ！」

私が両手で頭を覆うと、お義兄様が私をかばう。そして、ドラゴンが翼を広げ私たちを守った。

ドシンと地響きが上がり、土埃（つちぼこり）が舞う。

そして、天井からお日様の光が降ってきた。

「おーい！　誰かいるかー！」

バルの声に、私は応える。

「バルー!!　ここよ！　お義兄様も私も無事よ!!」

「よかった!!　すぐ行くぞ!!　待ってろ!!」

逆光の中でバルは手を振った。

私たちは眩しくて目を眇める。

〈……光〉

ドラゴンが呟いた。

私は意味がわからずに首を傾げる。

テオ先生が魔法で洞窟の側面に簡単な階段を作り出す。

どうやら、天井もテオ先生たちが開けてくれたようだ。

テオ先生の階段を使って、バルが駆け下りてきた。

なぜかギヨタン先生も一緒である。

テオ先生は魔力を使いすぎたのか、フラフラとしながら階段を下りてきた。

最後にライネケ様が巨大な姿で飛び降りてくる。ドシンと洞窟の中が揺れ、ドラゴンが呆れたようにため息をついた。

お義兄様が封印を解いたので、洞窟の中に入ることができたのだ。

バルはドラゴンを見て一瞬怯んだ。

その隙に、ギヨタン先生がバルを追い越し、一直線にドラゴンに向かう。

「はわぁぁぁぁ！　本物の！　ドラゴン!!　生きている！　ドラゴン!!」

大興奮のギヨタン先生にドラゴンはドン引きである。

〈なんだ？　この人間は、大丈夫か？〉

「お医者様としては、王国一の方です」

私が答える。

「ルネ様はドラゴンとお話もできるのですか？　最高ですか？　最高ですね？　そのかわいいお耳はかわいいだけではないんですね⁉」

ギヨタン先生が飛びかからん勢いで私に近づくと、お義兄様がそれを払った。

「なんで、ギヨタン先生までここへ？」

忌々しそうにお義兄様が尋ねる。

「テオが魔力増幅の薬と、回復薬が必要だと言うから、理由を聞いたらこれですよ。禁制の増幅剤を使わせてくれってきかなくて」

「禁制の増幅剤を使ったんですか⁉　あれは、命の前借りだって聞いています！」

私がテオ先生を見ると、テオ先生は気まずそうに俯いた。

「ルネ様が危険だと……。侯爵様もお許しになりました」

私は頭を抱えてため息をつく。

「ギヨタン先生も、お養父様も、なんで止めないんですか」

「心配だったからに決まっているでしょう？」

ギヨタン先生は真面目な顔をしてお義兄様と私を睨んだ。

「……心配？」

「そうです。たしかにルネ様は特別です。リアム様もお強い。ライネケ様が一緒なら心配ない、そうかもしれません。でも、あなたたちはまだ子供です。怪我をしたらどうするんですか」

至極真っ当なことをギヨタン先生が言い出して、私は面食らった。

「それと、テオくんに当分魔力を使わせたらダメです。増幅剤は副作用が激しいんです」

ギヨタン先生がプンプンと怒りながら説明する。

後ろでテオ先生は気まずそうだ。

「テオ先生……なんでそこまで……」

「ルネ様……。あなたはお気づきではないかもしれませんが、たくさんの人たちがあなたを大切に思っています。私も、ギヨタン先生も、ただ無為に時間を浪費するだけ修道院の生活に絶望していました。そこに、ルネ様が希望をくださった……だから、あなたのためなら命の前借りくらいなんでもないんです」

テオ先生は俯いたままモジモジと答えた。

ギヨタン先生が続ける。

「私だってルネ様のためならなんでもしますよ！　だから、頼りないかもしれませんが、もっと、大人を頼ってください」

フンスと怒りながら言い切るギヨタン先生に、私の心は打たれた。

「ありがとうございます。ギヨタン先生」

私はウルウルとしながら、素直に頭を下げる。ピョンと尻尾が高く上がった。

「ぴゃぁぁぁ！　きゃわわ！　では、おしっぽ、光っているおしっぽ、触ってもいいですか？」

「それはダメです」

興奮するギヨタン先生を、私はピシャリと窘めた。

「そんなにはっきりと」

「それより、ギヨタン先生、ドラゴンさんがクル病みたいなんです。診ていただけますか？」

「はいはいはい！　ぜひぜひぜひ！　一度ドラゴンを診てみたかったんです」

ギヨタン先生は嬉々としてドラゴンの曲がった足を触り出す。

ドラゴンは嫌そうだ。

〈おい、勝手に触るな〉

ライネケ様がドラゴンの横にやってきて、ポンと足を叩いた。

《この人間は安心だ》

〈ライネケ……〉

ドラゴンがため息をつく。

ライネケ様の言葉を聞いて、ギヨタン先生は目を見開き、口の端を上げた。

《久しぶりだな。酒はどうだった》

〈嫌みなやつめ。あれは苦い〉

《だが、ドラゴンには一番利くだろう》

〈ああ、リンドウは竜の胆だからな〉

ふたりはそう言ってククと笑い合った。

私はその様子を見てホッとする。

本当にふたりは気心が知れているのだとわかる。

「ルネ様の見立てどおり、クル病っぽいですね。まずは日光浴と、栄養不足もあるから、動けないうちは食事を用意して……。カルシウムは……」

ギヨタン先生は嬉々として今後の治療計画を立てる。

「ルネ様、このドラゴンは肉食なんですか？」

「ドラゴンさんは肉食ですか？」

〈雑食だ〉

「雑食だそうです」

ドラゴンの答えを、ギヨタン先生に伝える。

〈人間だって喰える〉

ドラゴンは威嚇するようにギヨタン先生に向かって大きく口を開けた。

「口の中もメンテナンスしたほうがよさそうですねー」

ギヨタン先生はそう言って、ドラゴンの牙を触った。

〈大丈夫か、この人間……。警戒心はないのか？〉

ドラゴンは嫌そうな顔をする。

「大丈夫、だと思います」

私は苦笑いすると、ライネケ様は豪快に笑った。

ドラゴンは諦めたようにため息をつく。

〈なにやら、お前たちには世話になりそうだな。天井を開けてもらい、治療までしてくれるのだろう？　なにか御礼をしなくてはいけないな。……そうだ、私の血をやろう。それなら、誰にもバレずに人を殺せるぞ？〉

ドラゴンがそう言うのを聞いて、私はゾッとする。

「そんなのいりません！　かわりにドラゴンさんの脱皮した鱗をもらってもいいですか？」

〈いいぞ、今の儂（わし）では食べきれぬまま腐らせてしまうからな〉

ドラゴンの許可を得て、私は喜んだ。

「お義兄様！　ドラゴンさんが脱皮した鱗をくれるそうです！」

「ありがとうございます」

お義兄様は礼を言い、騎士たちに指示を出している。

「これ以上腐らないようにするため、魔法で冷凍し洞窟内に保管すること」

お義兄様が命じると、水魔法を扱える騎士が脱皮した鱗を凍らせた。

私たちは、ドラゴンに今後の治療を約束し洞窟を出た。ライネケ様は私とお義兄様を背に乗せて、洞窟の外まで連れ出してくれた。疲れ切った私たちには、ライネケ様のモフモフとした背中が何よりの癒（い）やしだ。

洞窟から出たところで、ライネケ様は私たちふたりを地面に下ろし、クルンと抱き込んだ。そして、悪い顔で微笑みながら、皆に聞こえないように小さな声で尋ねる。

《闇の精霊王を手に入れたか、リアム》

お義兄様は無言で剣に触れる。

《気をつけろ。闇の精霊王の力は諸刃の剣だ》

お義兄様は静かに頷いた。

《この封印が開かれたこと、王家に知られるとやっかいだぞ》

ライネケ様は真面目な顔をしてお義兄様を見た。

「きっと、封印が揺らいだことは王家にも気づかれているでしょう。なので、弱った封印をかけ直したと報告をします。そのうえで、目くらましの魔法をかけます」

お義兄様はそういうとエクリプスの剣を抜き、ライネケ様の陰に隠れ、地面に魔法陣を描く。

「これで、王家の探知魔法にはかからなくなりました」

ライネケ様は鼻を鳴らした。

《お前も悪い男だな》

お義兄様は静かにニコリと笑った。

今日、私はドラゴンさんの巣にやってきている。

ライネケ様とお義兄様、バル、そしてギヨタン先生と一緒だ。

お義兄様と私が入った洞窟の入り口は、以前の封印をしたまま閉じられている。

ドラゴンさんの巣には、バルたちが開けてくれた穴から入るのだ。こちらにはお義兄様が目くらましの魔法をかけ、普通の人には穴が見えない。

「でも、不思議だよな。封印を解く協力をした人にだけ、実際の入り口が見えるなんてさ」

一緒に来たバルがしみじみと呟く。

「きっとライネケ様のおかげだね」

お義兄様は私の小指に小指を絡ませ、サラッと嘘を吐いた。

私は小指の感触にドキドキして、胸が苦しくなる。嬉しくて、幸せで、ふわふわした気分になって、勝手に口角が上がってしまう。

私はピトッとお義兄様に寄り添い、さりげなく尻尾で触れた。そして、唇だけで『ゆびきりげんまん』と言う。

お義兄様が驚いたように私を見て、幸せそうにニッコリ微笑んだ。

「ふたりともご機嫌ですね」

ギヨタン先生に指摘され、私はドキリとした。

「無事に帰ってこられたことを噛みしめていました」

お義兄様は穏やかに微笑み、天井を見上げる。

爽やかな風が流れ込んでくる。小鳥の歌声も聞こえる。ドラゴンさんの上には日差しが降り注いでいる。ドラゴンさんは温かそうに目を細めている。

「まったくですね～」

ギヨタン先生も機嫌良く答え、ドラゴンさんに歩み寄った。

「はーい！　ドラゴンちゃん、今日はカルシウムのお薬を持ってきましたよ～」

ギヨタン先生が軽いノリで声をかけると、ドラゴンさんは不快そうな顔をした。

貝殻で作ったカルシウムの錠剤を、むりやりドラゴンさんの口に詰め込む。

〈まったく、コイツはどうにかならないのか！〉

ドラゴンさんは人に聞こえない声で、ぼやいた。

ライネケ様は笑いつつ、ジャンシアヌの酒を勧めた。

《まぁ、これで薬を流せ》

「お酒ばっかりじゃ、ダメですよー。魚とキノコを食べましょうね」

ギヨタン先生は持ってきたキノコと魚をドラゴンさんに差し出す。

「あと、豆です。葛の葉様が大好きな大豆！」

〈肉が食いたい。人間の肉でもよい〉

ドラゴンさんが呟いて、ギヨタン先生を見て舌なめずりをした。

ギヨタン先生はドラゴンさんを見て、テヘと笑う。

「あ、もしかして、食べたくなっちゃいました？　私、美味しそうですもんね」

ギヨタン先生が言うと、ドラゴンさんはゲッソリした顔でそっぽを向いた。

〈喰う気もなくなる〉

それを聞き、私とライネケ様は笑った。

「ねぇ、なんて言ってるんだ？」

バルが尋ねる。バルとお義兄様は、ドラゴンさんの体をデッキブラシで擦り、血流をよくしているのだ。

《ギヨタンのことが好きらしいぞ》

ライネケ様が嘘を吐くと、ギヨタン先生は喜びドラゴンさんに頬ずりをした。

「そうなんですか！　私も好きですよ！　ドラゴンちゃん！」

〈ライネケ、嘘を言うな！　やめろ、懐くな！　お前なんか嫌いだ!!〉

ドラゴンさんは怒りながらも攻撃したりはしない。

私はその光景を、ほのぼのしながら眺めていた。

治療が一段落つき、帰り支度をしていると、私はドラゴンさんに呼び止められた。

〈おい、ルネ。これをやる〉

そう言って、ドラゴンさんが腹の下から、金色の光の筋が入った透明な石を差し出してきた。

「っこれは」

〈光魔法の属性を持つ魔鉱石(まこうせき)だ〉

「すごい。でも、なんでここに？」

魔鉱石にはそれぞれ精霊が持つ魔力と同じ属性がある。ここの魔鉱石は水魔法の属性だったはずだ。

〈理由はわからないが、ごくまれに現れるのだ。お前にやろう。お前の物だ。ルナールの物じゃない、わかるか？〉

ドラゴンさんに言われて私は頷いた。

〈ここに魔鉱石があると人間に知られたら、きっと私を倒して鉱脈を奪おうとするだろう〉

私は小さく頷いた。

〈だから、お前にやるのだ〉

「なぜ、私に？」

〈助けてくれた礼だ〉

「でも、助けたのは私だけじゃない……」

〈だが、ほかの人間には言葉すら伝わらないしな、まだ信用できん。お前は使い方を誤らないと信じているぞ〉

私は無言で頷いた。みんなには聞こえないように小さく礼を言い、頭を下げた。

「ライネケ様、預かっていただけませんか？」

ライネケ様は意外そうな顔をして、私を見た。

〈ああ、それがよいかもしれんな〉

ドラゴンさんが言うと、ライネケ様は小さく笑う。

〈そう言うならそうしよう〉

私はドラゴンさんからもらった魔鉱石をライネケ様に預けた。

「おーい！　ルネ、行くぞ！」

バルが私を呼んだ。

「はーい！」

私は手を振り答える。

そして、ドラゴンさんに頭を下げた。

「ありがとうございます！　また来ます！」

〈ああ、待っている〉

ドラゴンさんは目を細めて、大きな翼を小さく羽ばたかせた。

閑話二

リアムの夢

ドラゴンの洞窟を出た後、私は闇と契約したせいで気を失い、自室で眠りについていた。

そんな私は、悪夢に引きずり込まれていた。

夢の中の私は、王宮で乱心したと伝えられている先祖の中にいた。今の私と同じようにエクリプスの剣をつけている。

目の前には、当時の王太子がいた。夢だからだろう、一目見ただけで誰かわかった。

光り輝く黄金の髪。燦然(さんぜん)たる瞳の男。それなのに、王太子には光の精霊の気配がない。

闇の精霊王ノートは、光の精霊王に恋い焦がれている。だから、ノートは彼の中に光がないことに失望していた。

「上っ面だけの光だ。コイツには光の欠片すら残ってない」

ノートの声が頭に響く。ただただ、悲しい、そんな声だ。

王太子が言う。

「彼女を王妃に迎えようと思う」

その声とともに現れたのは、先祖の婚約者だった。暗い顔をした彼女は、ルネと同じ、白銀の髪だ。

「ごめんなさい」

彼女は泣く。

「彼女は私の婚約者です」

私の体が答える。

「だからだよ」

王太子は薄汚く笑った。光の片鱗もない下卑た顔だ。

「もう、ここには光はいない。私の光、私の光!」

ノートがヒステリックにわめいた。

「お前が見初めたんだ。きっと、いい女だろう？　俺はお前を信じている。俺の闇、俺の片割れ、ガーランドの陰よ。今度もわかってくれるだろう？　お前たちルナールの忠誠を信じているよ」

ブワリと私の中で闇が膨れ上がるのがわかる。

――許せない――

闇が体から漏れ出してくる。

「彼女のご両親からは許可を取った。王家の権限で今日にも婚約破棄となるだろう」

王太子は笑い、彼女はさめざめと泣いた。

――許せない――

闇を押さえようと、呻きながら自分自身を抱きしめた。

私の婚約者は、泣きながら唇だけで『許して』と言った。

「許しちゃいけない。許すべきじゃない。あいつらはもう、光じゃない‼」

ノートの怒りが、私の中で爆発した。

気がついたときには、私はエクリプスの剣を抜いていた。

「殺してしまえ、殺してしまえ、すべて殺してしまえ！　光がいない世界なんていらない。光がいないなら、ガーランドの陰になる必要はない！　光なくては陰など存在しないのだから!!」

剣を振るい、王太子を追い詰め、あと一歩で命が奪えるとなった、その瞬間。

王宮の聖騎士(せいきし)たちに取り押さえられた。聖騎士だけではない。魔法が使える者すべてが、私を取り囲んでいた。王宮の最大戦力をもって、取り押さえられたのだ。

腰が抜けたように地面に転がった王太子は、恐怖のあまり白髪となり、もう黄金の髪ではなかった。

「どうして、ルナールは闇と契約できる？　どうして、ガーランドは光になれない？　どうしていつもお前だけ選ばれるんだ……彼女も……精霊王も……」

呟(つぶや)く王太子の瞳の色は輝きを失っていた。

「乱心だ！　ルナール侯爵が乱心した!!」

私を取り押さえる聖騎士たちが声を張りあげる。

婚約者はその場で泣き崩れていた。

ルナール侯爵家は、王国への忠誠心を示すため、今後は闇の精霊王との契約をしないと誓い、契約の場である洞窟の魔法陣の上で先祖を処刑した。

先祖の命がつきると同時にノートは解放されたが、洞窟の出入り口はすでに、光の魔法の魔鉱石(まこうせき)

で作られた王笏(しゃく)によって描かれた魔法陣で封印されていた。

そして、二度と闇の精霊王を目覚めさせぬようにと、王国でノートの名は禁忌(きんき)とされたのだ。

精霊は、信仰心が弱まれば力を弱める。存在を忘れられ、名前を呼ばれなければ、いずれ消えゆくのだ。

ノートは泣いた。

［光がいない、光がいない、私の光、私の光。光がなければ影は存在できないのに……］

日々弱まっていく魔力の中で、泣き続けた。

しかし、そんな中、遂に封印が解かれたのだ。

洞窟の中を、歩いてくる自分の姿に、ノートが喜ぶのがわかる。

［ルナールの後継者。私の器(うつわ)］

そして、そんな私とともに来た、光る尻尾で行き先を照らすルネを見て、ノートは狂喜した。

［光！　ルナールの光！　私の光‼　今度こそ‼］

そこで私は目が覚めた。

寝汗をびっしょりとかいている。ハァハァと息を吐く。

（だから、闇の精霊王は封印されたのか……）

光の精霊王と契約できる者がいない今、闇の精霊王の契約者は王国にとって脅威になる。真実を知り、ゾッとする。

「ライネケ様が『封印が解かれたことを王家に知られるとやっかいだ』と言っていたけれど、こういう意味か……」

このことは、誰にも知られてはいけない。父上にも母上にも。知られたら、私は夢の中の先祖のように殺されるだろう。

そして、謀反人の領地として、今度こそルナール領は攻められるだろう。

「ライネケ様の言葉に従って、目くらましの魔法をかけてよかった……」

ホッとしつつも、その秘密の重さに苦しくなる。

（誰にも頼れない……）

そう思った瞬間、ポッと灯りが点るようにルネの顔を思い出した。

（ああ、そうだ、ルネも知っている。私がノートと契約をしたことを、ルネだけが知っている）

「朝になったら、ルネに口止めをしないと」

そう呟いて、恋しくなる。

「朝じゃなくて、今、ルネに会いたいな……」

安全であることをたしかめたい。傷つけていないかたしかめたい。

寝間着を着替え、窓を見た。ガラスには、夜闇に溶けそうな自分が映っている。

窓の外には白銀の月が煌々と輝いていた。

「ルネ」

名を呼べば、キュッと胸が痛くなる。エクリプスの剣がウォンと唸った。

あの夢のようになりたくない。

腹の奥がザワザワと蠢いている。

洞窟の中で見せられた未来が、ただの幻影には思えなかった。

私はただの義兄でしかない。綺麗になっていくルネを、ただ見守るしかできない。

「アカデミーになんて入れてはいけない。社交界になんて出すものか」

闇の中で思わず呟く。

そして、ハッとする。

「闇に染まりそうになっていた……」

きっと、闇と契約するということはこういうことなのだ。自身の闇を制御できなければ、乱心する。

エクリプスの剣を睨むと、剣は静かになった。

月の光が優しくて、どうしようもなく、ルネが恋しい。

闇に呑み込まれそうになった私を救い出してくれた人。

「……ルネ」

名前を呼べば、さらに思いが募る。

「ルネ……」

泣きながら、私に向かって『そばにいて』と言ってくれた。

「ルネ」

片想いでもいいのだ。

ルネがそばにいてくれと、そう望んでくれるなら、私はいつまでもそばにいる。

「ルネ……会いたいよ……」

さっきまで一緒にいたのに、もう会いたい。もう恋しい。ひとときだって離れたくない。

保護欲以上のこの思いは、とっくに愛だとわかっている。

それでもルネが必要としているのは私ではなく、『優しい義兄』だ。

（わかってる。一番そばにいられるなら、義兄でもいいんだ）

そう自分に言い聞かせる。

「せめて、寝顔だけでも見たい。義兄なんだから、おかしくない」

自分に言い訳しつつ、灯りも持たずルネの部屋に向かい、そっと部屋の扉を開けた。母上が拘回虫症の治療を始めてから、ルネは自分の部屋で寝ているのだ。

すると、ルネはピクリと耳を動かし、ベッドから起き上がった。

キツネの耳は気配に聡（さと）いらしい。

家の中だと油断して、気配を殺すのを忘れていた。

（いや、気がついてほしかったのかもしれないな）

「お義兄様？」

寝ぼけ眼（まなこ）のルネが可愛い。ポヤポヤとした目でこちらを見ている。

「眠れているか見に来ただけだよ。起こしてごめんね」

私が言えば、ルネはニヘラと笑った。

「ううん。お義兄様の顔が見られてよかった。あれから気を失っちゃってたから、心配だったの」

その一言で、私の胸が苦しくなる。温かい物が胸の奥から湧き上がってきて、指の先までホカホカする。

「ねぇ、お義兄様、こっちへ来て？」

ルネは罪のない瞳で、私を見てポンポンとベッドを叩（たた）いた。

私はルネに勧められるまま、ベッドの脇に腰掛ける。

ルネはベッドから起き出してきて、私の横にちょこんと座った。そして、当たり前のように私に寄り添う。

白銀色の尻尾が私の腰を包み込んだ。フワフワで温かい、モフモフの尻尾だ。

いつものように優しく撫（な）でる。

ルネはうっとりとして、ため息をつく。

「ふぁぁぁ、きもちいい」

満たされて幸せそうな笑顔を見ながら、私の胸もいっぱいになる。

ルネの顔を、こうさせるのは私だけだと嬉（うれ）しくなる。

「ねぇ、ルネ、お願いがあるんだけど」

私が話を切り出すと、ルネはキツネの耳をヒクリと動かし私に向けた。話を聞き漏らさないようにと、集中するときの彼女のくせだ。

ルネの意識が自分だけに向かっていることがわかる。

「闇の精霊王と契約したこと、ふたりだけの秘密にできないかな？」

尋ねると、ルネの尻尾がフワワワと広がった。

「お義兄様と私だけの秘密？」

キラキラした紫色の瞳が、覗き込んでくる。

同じ紫色の瞳なのに、闇色には思えない。彼女の瞳は夜明けを待つ、希望いっぱいの空の色だ。

「うん、せっかく王家が封印していたものを解き放ってしまったってバレたらお咎めがあるかもしれないからね。侯爵家や領地に害があってはいけないから」

理由を説明すると、ルネは思案顔になる。

「たしかに、そうかも！　絶対絶対、秘密にします!!」

ルネはそう言うと、小指を差し出してきた。

私は小首をかしげる。

「あのね、葛の葉様に教わったの。約束のおまじない。小指同士をからませて、『ゆびきりげんまん』って言うの」

ルネに言われたように、小指同士を絡ませる。

「約束を破ったらね、万回叩くよ、って言う意味だって」

「わかった」

「ふたりだけの秘密を守る、約束よ？」

「うん」

「じゃあ、せーの！」

「『ゆびきりげんまん』」

ふたりで声を合わせて、小指をとく。

心に重くのしかかっていた秘密が、ルネの前では幸せな約束に変っていく。

ルネは満足そうに微笑んでいる。

「ルネは嬉しそうだね」

「うん！　お義兄様の特別になったみたいだもん。誰も知らないお義兄様の秘密、私だけが知ってるの。絶対ぜーったい、誰にも教えてあげないの」

ルネは尻尾をパタパタとして、心から喜んでいるようだ。

私はそれで安心する。重い荷物をルネとふたりでわけあったように、心が軽くなった。

ルネの頭をヨシヨシと撫で、キツネの耳に頬を寄せる。甘く優しい香りが立ち上ってきて、穏やかな気持ちになる。

ルネはクスクス笑っている。

いつものように、離れ際に耳へ口づけた。

「さぁ、そろそろ眠ろうか」

私は、ルネをベッドに促す。

ルネは素直にベッドに入る。

「おやすみなさい、お義兄様」

「おやすみ、ルネ」

私はルネの額にお休みのキスをした。実は、今までしたことはない。

ルネはビックリしたように額を押さえ、微笑んだ。

「お義兄様も！」

ルネはそう言うと手を広げた。

私はルネの顔に、頭を近づける。

すると、ルネは私の頭を抱えて、額に軽くキスをした。

「よい夢を、お義兄様」

「うん、ルネも、よい夢を」

私はルネの部屋を出た。

廊下には白銀の光が差し込んできている。

今夜はきっとグッスリ眠れそうだ。

そんな気がした。

エピローグ　ルネ・ルナール　幸せの予言を受ける

ドラゴンと出会ってから、一年の月日がたった春。私とバルは九歳、お義兄様は十四歳になっていた。

私たちは、ライネケ様の知恵をもらって、ドラゴンの鱗から魔鉱石に似た性能を持つ物を作り出せるようになった。

ドラゴンの鱗を天日干しし、使いたい用途の魔法を付与してから、ニスで塗るとタイルのようになり、擬似魔鉱石になる。付与された魔法によって色が違うのだ。色とりどりの疑似魔鉱石はとても綺麗だ。

擬似魔法石は、実験的段階なので、今のところはルナール侯爵家での管理下でのみ使用が認められている。将来的には、王都に出荷できたらと考えているところだ。

テオ先生が、ドラゴンの鱗から作った擬似魔鉱石を工事に使用する方法を考案したおかげで、堤防工事は飛躍的に進んだ。治水工事の成功により、グピ川が氾濫せずにすみ、川周辺の土地が農地として使えるようにもなった。モンスターの災害のせいで流れを頻繁に変えていた川の周辺では、山からの土砂が集まって、扇状地になっているのだとテオ先生が教えてくれた。扇状地は、果樹園を作るのに適した土地らしい。

そして、今日、私たちは、ルナール川堤防の完成式典のために準備をしている。

王国一幅が広い堤防の上には、水の精霊王オンディーヌ様の影像が建てられた。そしてそこへ向かう参道も作った。堤防の上には広く根を張る樹木を植えた。木々の根によって、堤防を補強するのだ。

季節によって美しい花が見られるように提案してきたのは葛の葉様だ。堤防が美しければ、人が集まり、人が集まれば堤防場踏み固められるからだという。

チェリーの木が白い小花をつけている。土手には小さな黄色い花が咲き乱れ、かぐわしい香りを放っていた。

その堤防の上で、堤防の完成式典がおこなわれる。同時にお祭りが開かれることになったのだ。これにも堤防を踏み固める意味がある。

そして、そのお祭りに、修道院から奉仕事業として屋台を出すことが決まっていた。

私とお義兄様、そしてバルは、修道院の人々と一緒にお祭りの準備に参加することにした。

「醤油を持ってきました。味噌の確認もしてください」

私が修道院の厨房へ顔を出すと、早速声がかかった。

すると、キツネの精霊、葛の葉様が私に憑依し、醤油を手に取り舐める。

《よい仕上がりですね》

葛の葉様が答えると、修道院長が小皿に入ったキツネ色の油を差し出した。

「ゴマ油も確認してください」

《私は油に目がないのです》

そう言うと、憑依した私の体を使って、小皿に入ったゴマ油をペロペロと直接舌で舐める。

一見すると少女が油を皿から舐めている異様な姿だ。

（これだと油を舐めてるのは私なんだけど、葛の葉様はそれでいいのかしら？）

体を乗っ取られている私は思いつつ、ゴマ油を味わう。

ライネケ様が物欲しそうな顔をしていたので、ライネケ様の前にもゴマ油の入った皿を置いた。

ライネケ様は目を細め、美味しそうに舐めている。

（ゴマ油って最強よね。かければとりあえずなんでも美味しくなる。これと、醤油。もしくは塩の組み合わせもよいし。お豆腐なんかにかけても最高よね）

そんなことを考える。

《それは妙案です。作ってみてください》

葛の葉様は私の思考を読み取りそう言うと、私の体から離れていった。体を戻すから作れという意味だ。

（え？　突然!?）

驚き呆れつつ、奔放な精霊様に付き合うしかない。

「お豆腐と塩ってありますか？」

私が尋ねると、厨房の人が豆腐と塩をくれた。

私は豆腐に塩とゴマ油をかける。そして、その豆腐を口にした。

「んー！　やっぱり、美味しい‼」

《美味ですね》

感嘆すると、葛の葉様が答えた。

バルは怪訝そうな顔をする。

「そうかぁ？　オレ、豆腐って味がしなくていまいちなんだよな」

そういうバルに勧めてみる。

「じゃあ、一口食べてみて？」

スプーンに載せてバルに向ける。

バルはアーンと口を開け、ゴマ油がけの豆腐を食べた。

「ん！　旨い‼　醤油だけじゃなく、こういう食べ方があるのか」

バルが手のひらを返したように喜ぶので、苦笑いしてしまう。

「ルネ、リアムにも」

そう言われ、お義兄様を見るとジト目でバルを睨んでいる。腰につけた剣が怪しく光る。

（お義兄様も、豆腐が食べたかったのね！）

不機嫌そうなお義兄様に、ゴマ油がけの豆腐を勧める。

「あ！　お義兄様もどうぞ」

私が豆腐の皿を差し出すと、お義兄様は少し悲しそうな顔をした。

「私には？」

「ん？」

「私にはアーンってしてくれないの？」

聞かれて私はハッとした。別にバルへアーンをしようとしたわけではない。私としてはスプーンを差し出しただけだったのだが、バルが勝手にアーンしたのだ。

（でも、お義兄様には私がしたみたいに見えたのね）

すねる姿を可愛いと思ってしまう。

「はい、お義兄様、アーン」

私がスプーンを差し出すと、お義兄様は幸せそうに豆腐を食べた。

「うん、美味しいね」

とても幸せそうに食べるので、私も嬉しい。

「お義兄様は、お豆腐が好き？　だったら、ほかのメニューも考えてみようかな？」

「それもいいね。豆腐はタンパク源としてとてもいいけれど、苦手な子供も多いから」

「豆腐にきな粉と蜂蜜をかけるのはどうかな？」

私が考えていると、バルが苦笑いする。

「それは食べてみたいけどさ、まずは祭りで出しやすいメニューだろ？　あれ、侯爵家の厨房で作ってたヤツ、ここのみんなに食べてもらおうぜ」

その指摘にハッとする。

「そうだった！　豆腐に薄い肉を巻いて、醬油と砂糖で焼いて食べると美味しいんです！　串に刺すと、食べやすいと思います」

侯爵家の厨房で作ってきた物を、みんなに食べてもらう。

「これはいいですね。全部本物の肉みたいです」

「串に刺すと食べやすいですね」

王都からルナールに送られてきた貴族の罪人たちも喜ぶ。

みんなの賛同を得て、私は作り方を披露した。

侯爵家から持ってきた水を切った豆腐に、薄切り肉を巻きつけ、小麦粉を軽く振る。

熱したフライパンで焼き目をつけてから、酒と砂糖、醬油を入れて甘辛く煮て、串に刺す。

ただ、これは作るのに手間がかかるので、すぐに提供できない。そこで玉になったコンニャクを串に刺し茹でておき、味噌を塗って出すことにした。

メニューが決まったところで、私たちは黙々と下準備をはじめた。

玉コンニャクと、水切り豆腐を作っておくのだ。

修道院の人々が協力して、祭りへの準備をおこなった。

その様子を、ライネケ様も葛の葉様も温かい目で見守っていた。

そうして迎えた祭りの当日。

完成式典が行われる会場まで、私たちは屋台を確認しながら歩くことにした。一応、おともに従者が付き従っている。

今日のライネケ様はご機嫌で、大きな体に私を乗せている。

ハラハラと花吹雪が舞う中、白亜（はくあ）の影像が見えた。遠くからも見えるほど大きな水の精霊王オンディーヌ様の像である。

旅人なのだろうか、美しい影像を見上げて感動のため息を漏らしている。

私たちは、その様子を見て頬が自然とほころんでくる。

「モンスターが減って、無事に堤防が完成してよかったよな」

「ドラゴンの鱗から作った疑似魔鋼石のおかげもある。初めて作られた物だから、どう使うか悩んでいたところだけど」

バルの言葉に、お義兄様が応じる。

「護岸の強化に使えるなんて、テオ先生が使い方を考えてくれてよかったですね」

私が続ける。

「それに、堤防ができたおかげで、畑も増やすことができた。扇状地と言ったっけ」

「まさか、川の決壊のおかげで、土地が栄養豊富になっているとは思いませんでした」

お義兄様が言い、私も頷（うなず）いた。

オンディーヌ様の影像前では、音楽に自信のある罪人たちが演奏をしている。

「あ、演奏がはじまったね。さすが王都で音楽の教育を受けている。山流しされた人たちは、教養があって芸術分野に長けた人たちも多い」

お義兄様が感心する。

ちなみに、オンディーヌ様の彫像を彫ったのも、修道院の罪人だ。楽器も手作りである。

「領地で一番の歌姫が飛び入り参加で、歌を歌い出したわ！」

飛び入り参加した歌姫はルナールの領民だ。踊り子も加わって、だんだんと賑（にぎ）やかに派手になってゆく。

修道院の罪人と領民のあいだに、今はもうわだかまりはなくなっていた。

「領地の人たちと、修道院の人たちが仲良くなってよかったね」

私の言葉に、お義兄様もバルも頷く。ライネケ様の背中はご機嫌に揺れた。

ルナール領を占領した革命軍には山流し経験者たちが多く参加していた。ルナールでの暮らしに恨みを持っていた人が多かったのだ。その恨みをはらさんがため、領地とともにライネケ様への信仰も奪ったのだろう。

ルナールの暮らしが少しでもましになれば、仮に革命が起こってもルナールへの恨みは弱まるはずだ。それに、最近では修道院の人々もライネケ様をかわいがっている。ライネケ様への信仰があつくなっているのだ。

（革命軍のリーダーになるはずのバルが、領民たちと仲良くなったんだもの。かりに革命が起きても、今のバルなら領民たちやライネケ様の神殿に酷いことはしないって信じられる）

私がバルを見ると、彼と目が合った。

「なんだよ？　ルネ」

「なんでもない」

私が笑うと、バルは照れたように鼻をかいた。

「やめろよな。照れるだろ？」

「なんで？」

私が小首を傾げると、お義兄様はバルの目を手で覆った。

「見なくてよろしい」

「無自覚なルネのほうを叱れよ、オレのせいじゃないだろ？」

「ルネが可愛いのはしかたがないんだ」

ふたりはいつもどおりイチャイチャとじゃれ合っている。

私はライネケ様の背に乗ったまま、その様子を微笑ましく眺めていると、次々に人がやってきた。

「ルネ様、これ持っていきな！」

「ルネ様だ！　お母さんの病気治ったよ、ありがとう！」

私を乗せたライネケ様が、尻尾で私の背を叩（たた）く。

〈我が輩のおかげなのだが？〉

不機嫌な声に私は慌てて訂正する。

「いえ、私じゃなくてライネケ様のお告げです。感謝はライネケ様にしてください」

「もちろん、ライネケ様の神殿にも御礼に行っているよ。でも、ルネ様がいなければお告げが聞けなかったじゃないか！」

口々に話しかけ、屋台で売っているいろいろなものを私たちにわけてくれる。焼き油揚げや、玉コンニャク、ドングリのクッキーなどだ。

「ほら、ライネケ様にも、これあげる！」

ライネケ様はドングリのクッキーを手渡しで食べさせてもらい、尻尾を振っている。

（ギヨタン先生もトルソー先生も、テオ先生も私を褒めすぎるから、誤解されちゃってる〜！）

アワアワとしていると、私の両手はもらい物でいっぱいになった。私の尻尾は素直にも、嬉しくてブンブン揺れている。

「嬉しいけど困っちゃう」

でも、両手がいっぱいで遊べないのは困ってしまうのだ。

お義兄様は、私が持っていた焼き油揚げを取り、私の口元に差し出した。

私は反射的にアーンと口を開いた。ガップリと食らいつくと、唇の端に油がついた。

「おいひぃ」

油揚げは葛の葉様の大好物だそうで、焼き油揚げを作れとうるさかったのだ。神殿で配っていたら、ルナールの屋台でも売られるようになった。

カリッとした食感に満足していると、お義兄様が私の唇についた油を指先で拭う。そして、その指をペロリと舐めた。意味ありげな視線で私を見て笑う。

私は意味がわからずに、小首をかしげた。

「お義兄様、美味しい？」

「うん、とっても美味しいよ」

お義兄様が幸せそうに微笑むと、横で見ていたバルが「ケッ」と呟く。

ライネケ様は尻尾でお義兄様を叩いた。

「さあ、持って帰れるものは従者に持って帰ってもらおう」

「はい！」

従者に荷物を渡す。

「持って帰れないものは……」

どうしようかと考えて、周囲を見ると小さな子供たちが物欲しそうに眺めていた。

「子供たち、おいで～！」

私が声をかけると、集まってきた。

私はライネケ様の背から降り、厳かな声で伝える。

「これは大精霊ライネケ様のご神饌です。ありがたくいただくように」

「ルネ様、ごしんせんってなぁに」

「なぁに？」

子供たちは、私が配る食べ物を受け取りながら口々に尋ねる。

神饌とは、葛の葉様から教えてもらった概念だ。

「精霊様にお供えした物を、精霊様と一緒にわけあっていただくことを言うの」

ライネケ様の神殿にも供物が多く供えられるようになったので、困窮している人々に分け与えているのだ。

「精霊様たちはお供え物に宿るマナやお祈りする気持ちをいただいているから、マナをもらったあとのお供え物は必要な人たちでわけあいなさいって、おっしゃっているわ」

「わーい！　ライネケ様ありがとう！　精霊様たち、ありがとう！」

私が説明すると、子供たちは喜んで食べ物を口にした。

人々から金色の光が零れ、ライネケ様に吸い込まれていく。

ライネケ様は満足げに目を細めた。『ありがとう』という感謝の気持ちが、ライネケ様の力になるのだ。

〈お前の悪知恵は、いい悪知恵だな。さすが我が輩が見込んだ者だ〉

ライネケ様は得意げな顔をしている。

「これ、美味しい！」

「ねぇ、一口ちょうだい！　僕たちもわけあおうよ！」

「こっちも、こっちも交換!!」

子供たちがはしゃぐ。

私に品物をくれた店の人々も、ニコニコと頷いている。

「お！　なんだか旨そうだな。俺にもひとつくれ！」

「こっちにも！」

そんな興奮する子供たちを見て、周囲の大人たちも同じ物を買い求める。

「ルネのおかげで、宣伝になったみたいだね」

お義兄様が私の頭を撫でる。

「ほんと、お前、そういうとこすごいよな」

バルが感心したように笑った。

「すごいのは精霊様たちです。私なんかすごくない」

私が否定すると、お義兄様は肩をすくめる。

「また、そう言って。たしかに知恵を貸してくれるのはライネケ様かもしれないけれど、その知恵をどう使うかが大事でしょう？　それを考えているのはルネだ。もう少し自分のことを認めてあげて」

お義兄様は窘めると、私をひょいと抱き上げた。

「でも……」

「私の大事なルネを『なんか』って言わないで」

メッ、お義兄様は軽く怒って、私の額にゴツンと自分の額を打つけた。

「いたぁい」

ヒリヒリする額を撫でる。

「ルネ、わかった？」

お義兄様が優しい瞳で微笑む。紫色の瞳は、朝焼けの色みたいに未来を感じる優しい色だ。

私は尻尾で、お義兄様をギュッと抱き返す。

「うん、わかった」

お義兄様にそう言われると、そうなのかなと思えてくるから不思議だ。自分が誰かにとって大切なものならば、少しだけ自分を大事にしたいと思える。

エヘヘと笑うと、お義兄様も顔をほころばせた。

「もー、お前ら、いつまでイチャイチャしてる気だよ！　そろそろ式典が始まるぞ！」

バルに言われて、私たちはオンディーヌ様の像の前に急いだ。完成式典は彫像の前で行われるのだ。

オンディーヌ様の彫像の前には舞台が作られ、その脇にはルナール侯爵家が着席するためのテントが張られていた。

私たちはテントに入り、お養父様とお養母様に合流する。

川面にはチェリーの花びらが舞い散って、花筏が浮かんでいる。花びらが列になって新しい世界へこぎ出していくようだ。

芽吹き始めた木々の柔らかな緑が、春の日差しを浴びて光り輝いている。

「素晴らしい景色ね。こんな美しいものが見られるとは思わなかったわ」

お養母様が感嘆する。

「お養母様の体調はいかがですか？」

「ギヨタン先生のお薬が効いて、すっかりよくなったわ」

私が尋ねると、お養母様は機嫌良く答えた。

お養母様は拘回虫症の治療も終えて、今では式典に出られるほど健康になったのだ。

「ただの雑草だと思っていたセンチメンに、こんな効用があるなんて……。薬を分析したアカデミーの教授たちも驚いていたようね」

お養母様の言葉に、お養父様も頷く。

「拘回虫症の唯一の治療法だからな。ルネの言うとおり、センチメンを侯爵家で管理することにして正解だった。ただの雑草が、今では仕事と富を生んでいる。ルネが現れる前に比べて、ずっと暮らしやすい領地になった」

拘回虫症の薬で得た富で、だんだんと、領地全体が活気づいてきていた。

「これもみんなフイネケ様のおかげです」

「ルネは謙虚だね」

私が言うと、お義兄様がクシャクシャと頭を撫でた。

気持ちがよくてうっとりと目を細める。

(これで少しは恩返しできたかな?)

そう思いつつ、テントの外を見ると、多くの人々が幸せそうに笑い合い歩いていた。

「それに、堤防に暮らす人を免税にしたのはよい考えだ。免税の条件に、氾濫を監視させるとは」

「それを考えたのはお義兄様です」

私が答えると、お養父様は目を見張り、小さく「そうか」と呟く。

(お養父様、もっとはっきりお義兄様を褒めて!!)

私はそう思うが、お義兄様を見ると照れたように微笑んでいた。

（お義兄様にはあれで充分伝わってるのね。よかった！）

私は親子の絆(きずな)に気づき、心が温まる思いだ。

「リアムは本当にすごいな。剣の腕も立つし、領地の経営まで考えて……」

バルも感心する。

「将来ルナールを継ぐ身なら、これくらいは当然だよ」

お義兄様は無表情で答えながらも、こっそりと私の尻尾を撫でた。

きっと、嬉しかったのだろう。

「それも、お養父様が私たちを信じてくれたおかげです。ありがとうございます」

感謝の気持ちを伝えると、お養父様は私から目を逸らし、コホンと咳払(せきばら)いをした。

私は目を逸らされてシュンとなる。耳も尻尾も下がってしまう。

そんな私を見て、お養母様が笑った。

「あなた、照れているのね」

私は意味がわからずキョトンとする。

「ええ、だって、耳が赤いわ」

お養母様が指摘すると、お養父様は自分の耳を触った。

「お養父様が照れてる？」

嬉しくなった私の耳がヒクヒクと動いた。

お養母様は黙って、ニコニコと微笑んでいる。

「ルネに『ありがとう』って言われて嬉しいんだよ」

お義兄様が私のキツネ耳にそう囁いた。

私の尻尾が喜びでフワリと膨らむ。

「私の『ありがとう』が……嬉しいの？」

私がお義兄様に尋ねると、お義兄様は頷き、私の尻尾を撫でる。

〈感謝の言葉は、我が輩たち精霊だけでなく、人間どもにも活力を与えるものなのだ〉

ライネケ様が教えてくれる。

「だったら、私、ちゃんと『ありがとう』が言える人になりたいな」

私の言葉を聞いて、お養父様はハッとしたように目を見開いた。そして、小さな声で呟く。

「ありがとう……、お前たち」

春風に溶けてしまいそうなほどかすかな声だが、気持ちは伝わってくる。

私たちは、幸せな気分で微笑み合った。

嬉しさで、口元が緩み、尻尾がブンブン揺れてしまう。心もホンワリと温かくなる。

そんな私を見て、お養母様はニコニコと微笑んでいる。

お養父様は小さく咳払いをした。

「さて、これからは、もっと忙しくなる」

お養父様はそう言って、ルナール川を眺めた。

「治水が終わりましたから、次は運河ですね」

お養母様もルナール川を見つめる。

「舟！　舟！　作るんだろ？　オレ、乗りたい！」

バルがはしゃぐ。

「造船と、運行を管理するギルドも作らないと」

お義兄様が、堤防の上を行き交う人々を眺めた。

はしゃぎながら駆けていく子供と、それを追いかける父親。笑いながらゆっくりとついていく母の背では、赤ん坊が眠っている。

歌いながら歩く奇抜な格好をした芸人たち。

屋台に群がる人々のあいだでは、潑剌（はつらつ）とした笑い声が響いている。

幸せそうな今を見ていると目の奥がチカチカと痛くなり、景色がにじんで見えてくる。

「まだまだ、ルナールはよい領地になりそうだね」

お義兄様が嬉しそうに笑う。

「もっと、もっと、素敵な領地にしようね！」

私が決意を新たにすると、ライネケ様が私の上にのしかかった。フワフワでくすぐったい。

《我が輩とルネがいれば大丈夫だ》

「うん！」

みんなの協力を得て、豊かになりつつあるルナール領。

きっとこれからも、より豊かになっていくだろう。そんな未来を想像して、ワクワクする。

（こんな幸せがずっと続けばいいな。間違っても前世と同じ轍を踏んだりしちゃいけないわ）

私は思う。

ライネケ様が後ろから私をギュッと抱きしめた。温かいモフモフの毛皮に私は安心する。力強い抱擁から勇気をもらえる。

《ルネ。幸せそうな顔をしてるな》

「はい、とっても幸せです！」

私は自信満々に答える。そして、クルリと反転し、ライネケ様の胸に顔を埋めた。大きく息を吸い込むと、水の匂いと春の香りがする。

ライネケ様に抱きつく私を、お義兄様が後ろから抱きしめた。

「もっと幸せになろうね、ルネ！」

「うん！」

ライネケ様は私を離し、前足をそろえきちんと座り直した。神々しさが増し、威厳があふれる。

周囲は突然ピリリとし、清浄な空気が流れる。

私も、お義兄様もバルも、居住まいを正した。

テントの前を歩く人々も、思わず足を止めライネケ様に目を向ける。

《ルネ・ルナールは幸せになる》

ライネケ様が高々と宣言すると、私に後光が差した。

「ちょっと、ライネケ様やりすぎです‼」

〈ちょっとした演出だ〉

ライネケ様は鷹揚に笑っている。

お義兄様とバル、お養父様やお養母様まで、私を眩しげに仰ぎ見た。

「大精霊ライネケ様の予言だ‼」

ワッと領民のあいだから声があがる。

「幸せの予言だ‼」

歓喜の雄叫びが、堤防に降り積もった白い花びらを舞い上げる。金色の光が人々からあふれ出し、ライネケ様に集まってゆく。

ライネケ様は満足げに目を細めると、「コーン」と鳴いた。

蒼天に響き渡る高らかな鳴き声が、新時代の幕開けを告げた。

番外編

ルネが可愛くて困る

ここは大精霊ライネケ様の神殿近く。

雑草の茂る草原である。

私、リアム・ルナールは苦悩していた。

(可愛い……。ルネが可愛くて困る……)

草のあいだから見える白銀色の尻尾が、楽しそうにヒョコヒョコと揺れている。

隣では、ライネケ様がルネに薬草について教えている。

まるで娘を慈しむような目でルネを見ている。

「これもお薬になるの？　これも？」

ルネは真剣な顔をして、ライネケ様の話を聞きながら、腕に提げたカゴへ薬草を摘んでは入れる。

《ああ。我が輩は役に立つだろ？　ダーキニーより役に立つだろ？》

「もっちろん！」

ルネは、ライネケ様を見てニコリと笑う。

すると、ライネケ様は満足そうにルネに頭を擦りつけた。

ルネが嬉(うれ)しくて嬉しくてしかたがないというふうに目を細めた。

穏やかな微笑みは、全幅の信頼を寄せている証しだ。

白銀の耳はライネケ様の手をハシハシ叩き、尻尾はブンブン振れている。

ライネケ様はルネに覆い被さり、頬ずりをした。

（ルネが……ルネが可愛くて……、悲しい）

ふたりの白銀の尻尾が混じり合う。

青空の中でキラキラと光る。

精霊の親子だと言われれば納得してしまう、美しく尊い風景。

私が入る隙間はない。

見ていられなくて、きびすを返した瞬間。

「お義兄様ぁ‼」

ルネの声に、反射的に振り返ると、彼女はライネケ様の隣で大きく手を振っていた。

ルネは、ライネケ様の耳になにかを囁いた。

そんな些細な仕草に嫉妬する。

ルネが私に向かって駆けてくる。

ライネケ様に見せるような穏やかなものとは違う。

千切れんばかりに揺れる尻尾、耳がピーンと立ち私の一挙一動を逃すまいとするようだ。

紫の目は私だけを見て、真っ直ぐ真っ直ぐ走ってくる。

月の光にたとえるには、眩しすぎるその微笑みにクラリと眩暈がする。

「お義兄様！　どうしたの？」

息を切らし、駆けながら問いかけるルネが愛おしい。

私の前にたどりつくまで、待ちきれないのだ。

「帰っちゃうの？　帰らないで！」

ルネはそう言うと、ドシンと私に飛びついた。

薬草の入ったカゴが飛ぶ。

私はルネを抱き留めて、思わず尻餅をつく。

倒れ込んだ草原から、タンポポの綿毛がそれに舞い上がった。

「邪魔しちゃ悪いかと思って」

「お義兄様が邪魔なんてないもん！」

ルネがプンと頬を膨らます。

手足を絡ませて、ついでに尻尾も絡ませて、しっかり私を捕まえる。

あったかい。体中がホカホカしてくる。

ギューッと尻尾が私にしがみつく。

「う」

幸せで、苦しくて、思わず声が漏れてしまう。

ルネはハッとして力を弱め、オズオズと私を窺い見た。

「お義兄様、大丈夫？　痛かった？」

ウルウルと不安そうに揺れる紫色の瞳は、朝露に濡れたブドウのようだ。

誘われるように、瞳に唇を寄せると、ルネは無邪気に微笑んだ。

「痛くない？」

「うん、痛くない」

「よかった！」

フンフンと揺れる尻尾に、タンポポの綿毛が絡みついている。

ルネの尻尾に手を伸ばし、タンポポの綿毛をつまんだ。

「っ⁉」

ルネがビクリと驚いて、顔を赤らめ恨めしそうな目で私を見る。

私は、尻尾から取った綿毛をルネに見せてから、息で吹いて空に放った。

「ついてたよ」

「……！　突然だとビックリします！」

プンと膨れる頬に指を指す。

「怒らないで、ルネ」

「ふーんだ」

「るーね？」

「……」

「るーね？」

「……」

「ごめんなさい」

黙るルネに慌てて謝れば、ルネは唇を尖らせて私を睨んだ。

「ひとこと言ってね？」

「うん、わかった」

「特別なんですからね？」

そう言われて、胸がズキュンと打ち抜かれる。

「特別？」

「そうです！　私の尻尾触っていいのは、お義兄様だけなんだから！」

フンスと鼻息荒く力説されて、私は思わず噴き出した。

ルネが可愛くて困る。本当に、泣きたいくらいに愛おしい。

「可愛いね、ルネ」

「あー!!　馬鹿にしてる！　お義兄様なんか、こうなんだから!!」

ルネが私を押し倒すと、森の小動物がやってきて、ルネと一緒になって私の体に乗っかった。

私は動物や子供に怖がられがちなのに、ルネがいるとそれもない。

「もうこれで逃げられないんだから！」

ルネはドヤ顔で勝ち誇っている。

私はそれがくすぐったい。

《まったく、人間は愚かだな》

ライネケ様は私たちを見て、呆れたように笑っている。

「お義兄様は愚かじゃないもん!!」

ルネが憤慨したように尻尾をバフンと打ちつけると、タンポポの綿毛が空へ一斉に旅立っていった。

あとがき

おまけの番外編　『ライネケ様の至福』

「そろそろ帰るわよー」

　我が輩の神殿の庭先で駆け回っていた子供たちが、母の声に足を止めた。手を振り家路に急ぐ子供たち。我が輩は夕日を浴びながら幸せな光景を眺めていた。

　するとルネがやってきて、ポスンと我が輩の横に座る。ルネの尻尾が、我が輩の尻尾にかすかに触れている。

（まったく、淋(さび)しいのなら甘えればよかろうに。我慢強いのも考えものだ）

　我が輩は呆(あき)れつつ、ルネの膝に乗ってやる。すると、ルネは嬉(うれ)しそうにキツネ耳をピンと立てた。

「ライネケ様、なでなでしてもいいですか？」

〈よきに計らえ〉

　我が輩はツンと答えつつ、ゴロンと腹を出してみせる。

　ルネは嬉しそうに我が輩の腹に頬を埋めた。ムチムチとした指先が、優しく我が輩の体中をなでくり回す。指先から零れる金色の光は、我が輩への信仰心だ。

（信じてくれる人がいるから、我が輩は生きていられる）

ルネから溢れる美しい光と、比類ないなでなで加減に至福を感じまぶたを閉じた。

「ルネ！　迎えに来たよ」

優しい影が降ってきて、我が輩たちは顔を上げた。

「お義兄様!!」

ルネが満面の笑みになり、なでなでを止める。そして我が輩を抱きあげ立ち上がる。

（もう少しなでなでされたかったが、あんなに嬉しそうな顔を見たらしかたあるまい）

我が輩はルネの肩に顎を乗せ、小さくため息をついた。

◆　◆　◆　◆

この度は、『転生もふもふ令嬢のまったり領地改革記―クールなお義兄様とあまあまスローライフを楽しんでいます―』（#転もふ）を手にしてくださりありがとうございます。藍上イオタです。

今作は、子ギツネ幼女に逆行転生した主人公が、領地改革に邁進するお話です。WEB版から大幅改稿し、領地改革＆モフモフをさらに楽しめるようにいたしました。ぜひ、ちびっ子ケモ耳令嬢の大活躍を応援してください！

玖珂つかさ先生には、可愛らしく生き生きとしたイラストを描いていただきました。ルネたちのことは玖珂先生の絵柄で想像していたので、実際に目にすることができ喜びもひとしおです！　本当にありがとうございます。

また、読者の皆様をはじめ、担当の藤原さん、書籍化にあたりお力添えをくださった皆様には、感謝の気持ちでいっぱいです。おかげさまで素敵な本になりました。深くお礼申し上げます。

それではまた、どこかでお会いできることを願って。

藍上イオタ

DRE NOVELS

転生もふもふ令嬢のまったり領地改革記
—クールなお義兄様とあまあまスローライフを楽しんでいます—

2024年7月10日　初版第一刷発行

著者　藍上イオタ
発行者　宮崎誠司
発行所　株式会社ドリコム
〒141-6019　東京都品川区大崎2-1-1
TEL　050-3101-9968
発売元　株式会社星雲社（共同出版社・流通責任出版社）
〒112-0005　東京都文京区水道1-3-30
TEL　03-3868-3275
担当編集　藤原大樹
装丁　木村デザイン・ラボ
印刷所　TOPPANクロレ株式会社

ISBN978-4-434-34123-6

ファンレター、作品のご感想をお待ちしております。
右の二次元コードから専用フォームにアクセスし、作品と宛先を入力の上、
コメントをお寄せ下さい。
※アクセスの際に発生する通信費等はご負担ください。

呪われ料理人は迷宮でモフミミ少女たちを育てます

棚架ユウ
[イラスト] るろお

　子供を助けて死んでしまった褒美に、神によって異世界ヘトールという名前で転生することになった鈴木浩一。

　魔物を料理できるチート魔法を授かったものの、彼を売ろうとしていたクズ親が死んでしまい、天涯孤独のサバイバル生活を強いられる。

　そんな折、瀕死状態となった2人の獣人の子供を見つける。自らの生活も苦しい状況だったため、本来であれば関わらないのが一番だが――

「俺に、モフミミを見捨てるなどという選択肢は存在しない!」

　獣人幼女達と共に魔物を喰らいつくす冒険が幕を開ける!

処刑された悪女は、大国で皇妃の座を掴む
～毒杯を飲み干したあとに、やり直しの物語がはじまりました～

曽根原ツタ
［イラスト］雲屋ゆきお

次期王妃の公爵令嬢ウェスタレアは、親友の王女の陰謀により死罪を告げられ〝世紀の悪女〟と蔑まれながら毒杯を飲み干した――舌の裏に隠しておいた解毒薬と一緒に。解毒薬で死を免れた彼女は、今度は皇妃を目指すため隣の大国で女性全員が参加資格を持つ皇妃選定への参加を決心する。そうして隣国へと渡った彼女だが強運を味方に新皇太子に気に入られ、ついには皇妃の座に就くことに……？

もちろん私を裏切った王女にやられっぱなしでは終わりません。彼女の悪事裁きます――これは悪女が極上のざまぁをお見舞いする痛快復讐劇。